KB115028

곰취의 숲속일지

오늘도 숲에 있습니다

곰취의 숲속일지
오늘도 숲에 있습니다

펴 낸 날 | 2015년 6월 5일

글 · 사진 | 주원섭

펴 낸 이 | 조영권
만 든 이 | 노인향
꾸 민 이 | 강대현

펴 낸 곳 | 자연과생태
주소 _ 서울 마포구 신수로 25-32, 101 (구수동)
전화 _ (02)701-7345-6   팩스 _ (02)701-7347
홈페이지 _ www.econature.co.kr
등록 _ 제2007-000217호

ISBN: 978-89-97429-53-0   03810

곰취의 숲속일지

오늘도 숲에 있습니다

글·사진 주원섭

자연과생태

　나는 자동차라는 말도 들어볼 기회가 없었고, 시계도 흔치 않았던 강원도 두메산골의 참나무 숲에서 자랐다. 그 때문인지 학창시절부터 매주 전국의 산과 숲을 찾았고, 34년의 군 생활도 자연 속에서 보냈으며, 취미 역시 야생화 보러 다니는 일과 아름다운 숲을 찾아다니는 일이 되었다. 그리고 자연스레 숲해설가의 길로도 들어섰다.

　이 책은 숲해설가로 활동해온 지난 8년 동안 숲에서 보고 느낀 것을 사진과 글로 엮어, 지인들과 인터넷 카페 〈곰취와 숲나들이〉 회원들에게 보내는 생태 메일 「곰취의 숲속엿보기」를 재구성한 것이다.

보잘것없는 생태 메일을 열어 준 〈곰취와 숲나들이〉 회원들에게 감사드린다. 그들의 성원 덕분에 이 책이 나올 수 있었다. 아웅다웅하며 원고를 잘 썼느니, 여기는 고쳐야 하느니 하며 관심을 보여 준 동료 숲해설가이자 사랑하는 아내 전영순 각시취와 재규, 지희에게도 고마움을 표한다. 무엇보다 숲에서 보낸 시간을 이렇게 한 권의 결과물로 만들어 준 〈자연과생태〉에 깊은 감사의 마음을 전한다.

'곰취의 평생사무실은 숲'이라는 것을 잊지 않고 지금까지 그래왔듯이 늘 숲과 함께할 것이다.

2015년 푸른달 축령백림에서

곰취 주원섭

차례

푸른 달 ^{5月}

괜찮다,
살면서 허리쯤 굽혀도

식물의 잎과 줄기는 빛을 따라 굽어 자라는 성질굴광성이 있다. 커다란 조형물 벽 아래 자리 잡은 서양민들레도 어떻게든 빛을 받으려고 허리를 굽혀 자랐고, 씨앗까지 맺었다. 큰 벽 아래에 씨앗이 떨어진 것인지, 자라는 와중에 벽이 생긴 것인지는 모르겠지만, 모든 식물이 그러하듯 제가 안착한 환경에 잘 적응했다.

내게도 든든한
깃털 비행사 하나 있었으면

　서양민들레 씨앗이 거미줄에 걸렸다. 싹을 틔우기
에 알맞은 장소로 씨앗을 데려가야 하는 깃털 비행사가
깃털을 **빳빳**하게 세워 바람새^{바람씨}를 엿본다.

　사실 바람이나 곤충 등 매개체에 의해 옮겨지는 씨
앗이 발아하기 적당한 곳에 안착될 확률은 매우 낮다. 하
지만 이처럼 충직한 깃털 비행사가 있기에 서양민들레
씨앗은 두려워하지 않고 새로운 여행을 떠났나 보다.

까막딱다구리는 우리나라 멸종위기야생식물 II 급이자 천연기념물 242호로 지정되어 있다. 큰 나무에만 사는 대형 딱따구리로, 수컷은 앞이마부터 뒷머리까지 붉은색이고 암컷은 뒷머리만 붉은색이다. 먹이를 찾을 때는 몸을 곧게 세우고 나무줄기에 붙어서 고개를 빙글빙글 돌린다.

까막딱다구리와 같은 속에 속하는 크낙새가 관찰되지 않은 지 20여 년 가까이 된다. 까막딱다구리의 개체수 역시 감소하는 추세이다. 환경파괴로 인해 대형 딱다구리의 서식지가 줄고 있기 때문인데, 혹여 20년 후에 까막딱다구리도 크낙새처럼 볼 수 없게 될까 우려스럽다.

노랑할미새의
숨은그림찾기

막 둥지를 떠난 것처럼 보이는
어린 노랑할미새가 나무그루터기의
그림자에 몸을 숨기고 있었다. 주변
에 천적이 있으니 다급하게 어디에
라도 몸을 숨기라는 어미 새의 목소
리를 들었을까?

집으로 돌아와 컴퓨터로 사진을
자세히 살펴보니, 녀석의 긴박했던
순간이 다시 그려졌다. 그 작은 그림
자에 몸을 숨길 수밖에 없었다면 어
지간히 위험한 상황이었을 터다. 둥
지를 떠난 지 몇 시간 되지 않아 위
기에 대처할 만한 능력치도 높지 않
을 텐데, 어린 노랑할미새는 완벽하
게 풍경 속의 숨은 그림이 되었다.

봄날 산촌에서
두런두런 들려오는

강원도 오지에서 생태탐사를 하던 중, 졸린 눈을 하고 나뭇가지에 앉아 있는 청개구리를 만났다. 마치 옆에 있는 조팝나무와 대화를 나누는 것 같았다.

"언니는 이 짧은 산촌 봄날에 운제 얼라들까지 다 키웠드래요?"

"여는 우리만의 장소니까 알차게 영근 씨앗을 만들 수 있지."

"나는 오늘 아침부터 몇 군데나 옮겨 다녔는데, 위험한 때가 움메나 많았는지 몰래요."

"그것은 어무이 말을 듣지 않고 니 맘대로 싸돌아다녔기 때문이제."

"엄마 말 잘 들으면 언니야처럼 될 수 있드래요?"

"그렇지."

"야호! 앞으로는 엄마 말 잘 들어야징."

그대의
밤은
우리의
낮보다
아름답다

올빼미는 밤에만 활동하는 야행성 조류다. 망막의 간상체 세포와 청력이 발달해서 밤에도 사냥을 할 수 있다. 날개에 솜털이 많아 비행할 때도 소리가 거의 나지 않으며, 날카로운 발톱과 부리도 사냥 시에 큰 도움이 된다. 주로 들쥐나 작은 조류, 곤충 등을 사냥하며, 발톱으로 잡아 부리로 찢어 먹는다. 먹이를 먹다가 소화되지 않는 것은 토해낸다.

혼자서 생활하며, 낮에는 주로 나뭇가지에 가만히 앉아 있다. 쉬고 있을 때 작은 새들이 다가와 공격 태세를 취해도 그다지 신경 쓰지 않는다. 사람이 가까이 가면 빛이 있는 쪽으로 날아간다.

우연히 만난 긴점박이올빼미는 대낮이라서 그런지 졸고 있었다. 그 덕분에 제법 가까이서 관찰할 수 있었다. 하긴 낮에 충분히 휴식을 취하지 않으면 야간 사냥은 쉽지 않으리라.

내일이라는 희망을
가슴 터질 듯 품고

물봉선의 씨방을 만져 본 적이 있다면, "손대면 톡 하고 터질 것만 같은 그대"라는 노랫말이 괜히 나온 것이 아니라는 것을 알 수 있다.

물봉선 씨방에 손대는 것은 물봉선의 번식을 도와주는 것이기도 하다. 씨방 외부에서 어떤 힘이 가해지면 씨방 세포의 안팎에서 발생하는 압력 차이에 의해, 씨방은 말리고 씨앗은 스프링처럼 튕겨서 날아가게 된다. 물론 기본적으로 물봉선은 씨방이 성숙하면 스스로 씨방을 터뜨려 씨앗을 날려 보낸다.

물봉선 꽃말은 '나를 건드리지 마세요'이지만, 정작 물봉선 심정은 '제발 나를 건드려 주세요'가 맞겠다.

산다는 것은
새끼 호랑지빠귀처럼
입을 벌리고
다문다는 것

태어난 지 2주 정도 된 호랑지빠귀네 둥지.
여섯 마리가 함께 지내기에는 흥부네 집처럼 비좁아 보인다.
이 비좁은 공간에서도 자리 차지는 매우 중요하다.
어미 새가 먹이를 물고 들어오는 입구 쪽이 먹이를 받아먹기에
훨씬 유리하기 때문이다.
상대적으로 뒤로 밀린 새끼는 안간힘을 다해 입이라도
더 크게 벌리려 애쓴다.
먹이에 대한 집념만큼이나 새끼들의 위기 대처 능력 또한 대단하다.
어미 새가 위험을 알려 주거나 스스로 위험한 기척을 느끼면,
마치 그대로 죽었다는 듯 입을 다물고 목을 축 늘어트려
꼼짝하지 않는다.
시간이 흐르고 더 이상 위험하지 않다고 판단되면
다시 먹이를 달라고 입을 힘껏 벌린다.
누가 가르쳐 준 것도 아닐 텐데 녀석들은 본능적으로
생존의 방식을 안다.

나는 생을 위해 무엇 하나 내어 줄 수 있을까

곤충은 몸집이 작아 천적에 의해 희생당할 가능성이 높다.
곤충의 생존전략이 매우 다양한 이유다.
범부전나비는 몸에서 가장 중요한 부분인 머리를 보호하고자
날개 아랫부분에 또 하나의 머리를 만들었다.
물론 진짜 머리를 만든 것은 아니고,
천적이 보기에 머리처럼 보일 무늬를 고안해낸 것이다.
실제로 날개 끝 부분이 뜯긴 범부전나비를 종종 보게 되는데,
범부전나비의 의도대로 가짜 더듬이까지 달린 머리 무늬에
속는 천적이 많은가 보다.

삶은 여행

봄나물 하면 흔히 냉이, 꽃다지, 달래를 떠올리지만, 지칭개도 빠질 수 없다. 다른 봄나물보다 양도 많고, 콩가루를 묻혀 국으로 끓이면 특유의 쌉싸래한 맛이 입 안 가득 감친다. 나른한 봄날에 먹기에 아주 그만이다.

줄기가 생길 즈음이면 잎은 다른 어떤 봄나물과도 견주지 못할 만큼 아주 크게 자라며, 이때 잎보다 먼저 핀 꽃은 이미 결실을 맺어 흰 털이 달린 씨앗을 멀리 날려 보낸다. 동시에 아래쪽에서 새로운 꽃이 계속 핀다.

참 야 무 지 게 도   먹 었 다

잎벌레가 단풍나무 잎을 예쁘게 다듬어 놓았다
물론 실상은 갉아먹은 흔적이지만.

솜씨를 부린 주인공은 꽤나 어린 잎벌레였나 보
다. 나뭇잎은 벌레에게 먹힐 때 방어물질을 발산한
다. 그 물질로 인해 나뭇잎에는 듬성듬성 구멍이 나
는데, 이 단풍잎에는 구멍이 보이지 않는다. 나뭇잎
이 공격을 당한다고 여기지도 못할 만큼 아주 작은
녀석이었던 모양이다.

어 머 니 의   이 름 으 로

쌍살벌은 나무껍질의 섬유질을 이용해 집을 짓는다.
가운데서부터 바깥쪽으로 퍼지듯이 집을 지으며,
완성된 집을 보면 꼭 질감 좋은 한지로 만든 것 같다.
말벌과는 달리 육아 방이 노출되어 있다.
여왕벌은 집을 다 지은 뒤,
지난해 짝짓기 때 얻은 정액으로 알을 수정시켜
애벌레를 키운다.
새로운 일벌이 태어날 때까지는
여왕이라는 이름이 무색할 정도로 많은 일을 한다.
일벌도 알을 낳기는 하지만, 수벌만 낳는다.
암벌을 낳을 수 있는 것은 오로지 여왕벌뿐이다.
애벌레에게는 곤충 애벌레나 작은 곤충을 짓이겨 만든
고기 경단을 먹이로 준다.
경단을 만들 때는 계속해서 앞니로 씹어 최대한 부드럽게
만들려고 정성을 들인다.

우리 사는 세상도
숲만큼만 공평하다면

　　층층나무는 같은 종끼리의 경쟁을 피하기 위해 모여 살지 않고 혼자 산다. 빛을 유리하게 이용하는 극양수인 덕분에 어릴 때 성장은 다른 나무에 비해 월등히 빠르나, 수명은 그리 길지 않다. 예외적으로 수명이 긴 층층나무도 있기는 하다. 고려시대 사찰인 안성 청룡사에 있는 늙은 층층나무는 줄기는 거의 비어 있지만, 나무껍질이 연명을 도와주며 긴 생을 이어가고 있다.

　　층층나무는 가지가 옆으로 돌려나며 뻗어 본의 아니게 다른 나무의 광합성을 방해한다. 그래서 사람들은 무법자 나무라는 의미로 폭목暴木이라 부르기도 한다. 층층나무도 다른 나무와 같이 햇빛을 좋아하다 보니 가지가 그리 뻗는 것일 뿐일 텐데 말이다.

　　한편, 층층나무가 많은 축령산에는 요즘 층층나무에 피해를 입히는 황다리독나방이 활개를 치고 있다. 층층나무에게는 큰일인데, 혹시 다른 나무들은 숲의 폭군을 제압하는 해결사가 나타났다며 반기는 것은 아닐는지.

하늘이 무너져도
솟아날 구멍은 있다

　달래는 산야에서 무리지어 나거나 한두 포기씩 자란다. 뿌리, 줄기, 꽃 등이 매우 작아 의식하고 유심히 찾지 않는 이상은 쉽게 눈에 띄지 않는다. 씨앗 역시 아주 작아서 멀리 이동하지 못하고, 대부분 줄기 주변에 흩어지는 것에 그친다. 씨앗은 이듬해 발아해 우리가 봄에 나물로 먹는 산달래로 자란다.

　땅속이 아닌 땅 위에서 싹을 틔워 수염뿌리가 바위 밑으로 파고들어간 한 녀석을 발견했다. 캄캄한 바위 밑에서 잠시 햇볕을 쬐러 나왔다가 그만 땅속에서 발아하는 시기를 놓쳤나 보다. 다른 달래보다는 약해 보이지만, 그래도 자라는 데 큰 무리는 없어 보인다. 다행이다.

내　마음에도
진강도래가
살　수　있을까

　진강도래는 알 – 애벌레 – 번데기 – 어른벌레 순으로 갖춘탈바꿈을 한다. 어른벌레가 되고 짝짓기를 할 때, 수컷이 암컷에게 보이는 구애 행동이 독특하다. 나뭇잎 위에 앉아 배 부분을 두드린다. 자세히 보면 다리가 나뭇잎을 뚫고 나간 모습도 볼 수 있다.

　진강도래를 포함한 강도래류는 수질을 측정하는 데 기준이 되는 지표종이다. 애벌레 시기를 1급수의 물에서만 보내기 때문이다.

남들과 다르다고
틀린 것은 아니다

덩굴성 식물은 처음부터 덩굴로 자라는 종이 있는가 하면, 벌깨덩굴처럼 꽃이 진 다음 생장줄기를 뻗어 덩굴로 자라는 종도 있다. 그늘에서는 2미터 가까이까지 자란다.

벌깨덩굴의 꽃이 피면 여름이 시작된 것이라고들 하는데, 요즘은 봄과 여름의 경계가 모호해서 벌깨덩굴의 개화 시기와 계절을 연관 짓기에는 어려움이 있다.

꽃이 많이 달린 꽃대에서는 덩굴성 줄기가 별도로 나오지만, 꽃이 부실하면 꽃대에서 바로 덩굴성 줄기가 나온다. 벌깨덩굴 나름의 생존 규칙인가 보다.

매일 매일
노력한다는 것

딱다구리는 대개 단 한 번 구멍을 뚫어 벌레가 있는 곳을 찾는다. 예상이 적중하지 않을 때도 있지만, 녀석은 아랑곳하지 않고 옆 나무에서 기다린다. 딱다구리의 공격을 받은 나무는 빛에 반응하는 피토크롬이나 살리실산 또는 자스몬 향으로 알려진 휘발성 물질을 내보내 주변 나무들에게 주의하라는 경고 메시지를 보낸다. 이때 휘발성 냄새를 맡고 장수풍뎅이나 장수말벌류가 나무 주위로 모이는데, 딱다구리는 이 순간을 노리는 것이다.

딱다구리가 온종일 딱딱한 나무에 구멍을 내는 데도 뇌진탕에 걸리지 않는 이유는 간단하다. 뇌가 이중구조로 되어 있는 까닭이다. 뇌는 머리의 하단부에 안전하게 위치하고, 부리와 연장선상에 있는 뇌 뒤에는 완충작용을 하는 공기주머니가 있다. 그래서 나무를 아무리 쪼아도 뇌는 흔들리지 않는다.

한편, 딱다구리는 주 무기인 부리를 단련시키는 노력도 게을리 하지 않는다. 하루에 6시간 정도 나무를 쪼는 것뿐 아니라 바위나 쇠붙이를 쪼기도 한다. 만약 딱다구리가 타고난 능력뇌 구조만 믿고서 부리를 단련하고자 부단히 노력하지 않았다면, 어쩌면 오늘날 우리는 딱다구리를 볼 수 없었을지도 모르겠다.

긴긴 겨울을

물참대처럼

견뎌낸 그대에게

　　영하의 온도 속에서 작은 나무
들이 살아남기란 그리 쉬워 보이지
않는데도, 여기 또 꽃이 피었다. 새
하얀 물참대 꽃이다. 햇가지를 털로
무장하고 혹독한 겨울을 났겠지. 따
뜻한 봄이 오기만을 기다리면서 말
이다. 산행을 다니다 다시 보게 되
면 추운 겨울 나느라 고생했다고 인
사 한마디 건네야겠다.

삶은 이렇게도
끈끈한 것을 1

끈끈이주걱은 주로 물기가 많은 늪처럼 산성을 띠는 곳이나 모래가 많은 땅에서 산다. 우리나라에서는 약 1,300미터 고지의 대암산 용늪에서도 자라는데, 아마 세계에서 제일 높은 곳에 사는 끈끈이주걱이 아닐까 싶다.

끈끈이주걱은 대표적인 식충식물이다. 식충식물은 포충낭, 포충엽, 밀생한 선모 형으로 나뉘며, 끈끈이주걱, 긴잎끈끈이주걱, 끈끈이귀개가 여기에 속한다. 끈끈이주걱은 특히 날벌레를 잘 잡는다. 벌레는 끈끈이주걱의 붉은색 점액을 꿀인 줄 착각해 점액을 먹으려고 날아오다 끈끈이주걱에 달라붙는다. 벌레가 끈끈이주걱에서 벗어나려고 발버둥 치면 상황은 더욱 악화된다. 끈끈이주걱의 잎이 오므라들면서 주걱 모양의 선모에서 소화액이 분비되어 벌레는 소화되기 때문이다. 파리 정도의 큰 먹잇감은 한나절5~6시간에 걸쳐 돌돌 말아 먹는다.

끈끈이주걱은 봄부터 늦은 가을까지 계속 자랄 뿐만 아니라 썩은 뿌리에서 다시 새순이 돋기도 한다. 그래서 별명이 '부활의 여신'이다. 이 부활의 여신을 사람들은 애완용으로 기르기도 한다. 벌레 대신 고기나 치즈를 썰어 주면서 말이다.

지혜:
어떻게든 살고자 몸부림치는 것

    고산지역에 사는 좁은잎처녀치마는 유성
생식과 무성생식을 함께 하는 특징이 있다. 씨
앗으로도 번식하지만, 씨앗 번식이 어렵거나 줄
기에 이상이 생겼을 때는 무성생식의 한 방법인
출아법으로 번식한다. 잎끝의 일부에서 혹 같은
돌기가 나온 후 다 자라면 모체에서 떨어져 나
와 새로운 개체를 만든다. 고산지역이라는 악조
건에서도 용케 번식의 지혜를 터득했다.

숲 속 잔혹사

어느 날,

톱장이가 와서 내 허리를 자르고 껍질도 벗겨 갔다.

새로 가지를 만들고 잎을 내고 싶지만,

어린잎마저 뜯어 갔다.

어찌어찌 여력을 다해 맹아지를 키워 볼까.

가시도 더 크게 내고 독도 만들면

더 이상 나를 괴롭히지 않겠지.

누 리 달 ^{6月}

숲, 삶과 죽음이 공존하는 곳

2010년, 태풍 곤파스가 지나면서 쓰러진 잣나무는 이제 다른 형태로 숲의 일원이 되었다. 삶과 죽음이 명확히 구분되는 인간 사회와 달리, 숲에서는 죽은 생물도 생태계에 영향을 미치며 생과 사가 자연스럽게 공존한다.

하늘을 메우고 있던 키 큰 나무가 쓰러지면 이전보다 많은 햇빛이 숲 바닥까지 닿아, 키 작은 식물에 비치는 일조량이 늘어난다. 또한 쓰러진 나무는 썩으면서 분해자와 생산자의 영양분이 되어 다른 생물이 탄생하는 데도 일조한다. 숲에서의 삶은 죽음을 바탕으로 하고, 죽음은 삶으로 이어지는 것이다.

한편, 잘 관리되는 도심의 공원이나 수목원에는 쓰러진 나무가 없다. 고사목이 되기 전에 잘라 버리기 때문이다. 나무를 자르지 않으면 근무태만으로 관리인이 잘린다. 쓰러진 나무, 썩은 나무가 없는 공원이나 수목원은 어쩐지 숲이라기보다는 인간 사회와 더 닮은 것 같다.

당단풍의 꿈

당단풍의 꿈은 거창하지 않았다.

그저 가을에 새빨간 색으로 물드는 낙엽이 되고,

시간이 흐르면 자연스럽게 땅에 떨어져 흙이 되는 것,

그뿐이었다.

그런데 생이라는 것이,

사람에게나 당단풍에게나 쉽지 않기는 매한가지인가 보다.

당단풍은 땅에 떨어지려다 그만 거미줄에 걸려 버렸다.

한편, 엉뚱한 손님이 집을 덮쳐 난감했을 거미는

재빨리 몸을 피해 화는 면한 것 같다.

절 대 강 자 는   없 다

어린 사마귀가 왕오색나비를 맛있게 먹고 있다. 늦은 봄이나 초여름에 숲을 다니다 보면, 벌레들이 서로 먹고 먹히는 모습을 자주 보게 된다.

사마귀는 곤충 세계에서는 비교적 강자라고 할 수 있겠지만, 절대강자는 아니다. 녀석 역시 언젠가 천적인 주둥이노린재에게 잡히면 체액을 빨려 죽을 것이다. 물론 주둥이로 찔러서 나무의 즙이나 다른 곤충의 체액을 빨아먹는 노린재도 마찬가지고.

이 세계에 절대강자란 없다.

간절히 원하면
찾을 수 있다

　이제 막 피기 시작한 꽃송이만 찾는 것을 보니 애벌레는 어리지만 꿀이 있는 곳을 정확하게 아는 모양이다. 이미 꽃이 다 핀 꽃송이에는 꿀이 없거나 적다. 꿀을 얻기 전에 꽃잎을 떼는 작업도 한다. 그래야 꿀을 쉽게 먹을 수 있다는 것은 또 어떻게 알았는지 신통방통하다.

　이렇게 꿀 먹는 데는 도가 튼 애벌레에게는 식물의 꽃밖꿀샘, 꽃안꿀샘도 소용이 없어 보인다.

고독하지 않은 사회

떼허리노린재는 무리를 지어 살아간다. 짝짓기도 떼로 모
여서 한다. 혼자인 것보다는 여럿이 있는 것이 천적의 공격에도
대응하기 쉽고, 짝짓기의 기회도 많기 때문이다. 떼허리노린재
사회에서는 인간 사회에서처럼 독거사하거나 제 짝을 찾지 못해
외로워하는 경우는 거의 없겠다.

호랑가시나무:
차가워 보여도 가슴은 뜨거운

호랑가시나무는 육각형 잎의 톱니 끝에 가시가 있는 모양이 호랑이 발톱과 닮았다고 해서 그리 불리는 것 같다. 남쪽지방에서는 호랑이가 등이 가려울 때 이 잎에 난 가시로 등을 긁었다고 해서 '호랑이등긁기나무'라고도 한단다.

날카로운 잎바늘 속에는 빨간 열매가 달리는데, 새나 동물이 먹으려고 해도 뾰족한 잎이 무서워서 어디 쉽게 먹을 수나 있을까 싶다. 나 역시 열매가 예뻐 만져 보고 싶어도 호랑이 발톱 같은 잎이 달려들어 할퀼 것만 같아 눈으로 즐기기만 한다.

이웃돕기 운동의 상징인 '사랑의 열매' 로고도 호랑가시나무 열매에서 따온 것이라고도 한다. 새빨간 열매가 따뜻한 마음을 상징하기에 적합했나 보다. 덧붙여 꽃말은 '가정의 행복'이다.

사실 호랑가시나무는 겉보기에 무시무시해 보일 뿐이지 실제로는 전혀 위험하지 않다. 독성도 없다. 오히려 겉보기에 예쁘고 순해 보이는 식물 중에 진짜 맹독이 있어 위험한 것이 많다. 잊지 말자.

층층나무 아파트에는 층간 소음이 없겠지

　다른 나무들은 대부분 꽃이 이파리의 아래쪽에 피거나 이파리와 별 구분 없이 섞여서 피는데, 층층나무는 꽃을 이파리 위에 떠받들어 모신다. 층층나무 꽃은 제대로 대접받는 셈이다. 푸른 잎사귀 위에 하얀 꽃차례들이 소복이 덮여 있어서 마치 시루떡의 켜를 보는 것 같다.

　층층나무에게는 일정한 규칙이 있다. 줄기 하나가 하늘을 향해 밋밋하게 벋어 나가다가 한 마디에서 가지가 여러 개 나와서 한 층을 이루고, 또 가운데 줄기가 하나 올라가다가 그 위층을 이룬다.

　마치 우리네 아파트처럼 층을 이루어 살림을 꾸려 나가는 것 같다. 지하, 1~4층, 옥탑이 있다. 역시나 햇빛이 잘 들어오고 평수도 넓은 2층과 3층의 환경이 제일이다.

등노랑풍뎅이가
오동보동한 데는
다 이유가 있다

식물은 외부 요인^{벌레나 병균 등}으로
부터 성장에 방해를 받으면 항균 물질
인 피톤치드를 방어적으로 내뿜는다.
그런데 먹성 좋은 이 등노랑풍뎅이는
전혀 개의치 않는 눈치다. 꼼짝도 않
고 잎을 마냥 먹어 치운다. 피톤치드
에도 아랑곳하지 않을 정도의 먹성이
니, 녀석이 통통한 이유를 알겠다.

나는 언제 한번 이토록
검질긴 적이 있었던가

물봉선은 씨앗을 톡톡 터뜨려
멀리 날려 보낸다. 그런데 하필이
면 씨앗이 버려진 유리병에 내려
와 앉았다. 이런 곳이라면 싹을 틔
우기 어렵겠거니 생각했다. 얼마
후 혹시나 하는 마음에 다시 물봉
선을 찾았는데, 놀랍게도 물봉선
은 잘 자라고 있었다. 깨진 유리병
밖으로 뿌리를 내린 것이다.

날 개 돋 이 하 려 는   너 에 게

잠자리는 번데기 과정 없이 애벌레가 자라면서 바로 날개돋이우화를 해 어른벌레가 되는 못갖춘탈바꿈을 한다. 날개돋이는 종에 따라서 이르면 40분, 길면 4시간까지 걸리며, 천적의 위협을 피하고자 주로 한밤중이나 새벽에 이루어진다물론 측범잠자리류처럼 밝을 때 날개돋이하는 경우도 있다. 그럼에도 불구하고 날개돋이를 하는 시기에 천적의 위협을 가장 많이 받는다. 이때 날개돋이에 실패해 불구가 되어 나오는 것을 우화부전이라고 한다.

물속에 있던 애벌레가 날개돋이를 위해 물 밖으로 나올 때는 머리만 내밀고는 한동안 가만히 있는다. 그동안 직장아가미 및 기관아가미로 호흡을 하다가 가슴에 있는 숨구멍이 열리면서 호흡 방식이 바뀌기 때문이다.

측범잠자리류는 직립형으로 날개돋이를 한다. 몸을 지지해 줄 만한 곳에 매달린 후 몸을 좌우로 흔든다. 등 부분이 Y자로 갈라지면 머리와 가슴을 빼내고, 다리가 굳을 때까지 잠시 휴식을 취한다. 이어 배를 빼고, 쪼그라져 있던 날개와 배를 늘이며, 끝으로 날개를 편다. 작은 애벌레의 몸속에 압축되어 있던 모든 것을 서서히 펴는 것이다. 온몸에 묻은 끈끈한 액을 말린 후 첫 비행을 시작한다.

위험천만한 순간을 견디며 첫 도약을 시작하는 잠자리에게 박수를 보낸다.

숨 쉬는 숲은
파드닥 거린다

부엉이, 올빼미, 딱따구리, 꾀꼬리와 같은 산새는 숲 생태계가 균형을 이루는 데 큰 역할을 한다. 그래서 산새의 개체수는 건강한 숲을 측정하는 중요한 척도가 되기도 한다.

산새들은 애벌레가 많이 나오는 시기인 4~6월에 짝짓기를 한다. 짝짓기 후에 둥지를 트는데, 둥지의 위치는 새들마다 다르다. 산새는 대개 암수가 함께 알을 품기도 하고, 먹이를 잡아오기도 하며, 배설물 처리와 같은 뒷바라지도 거의 함께 한다.

인간의 방해만 없다면 이들은 스스로 숲생태계를 건강하게 지켜나갈 수 있을 것이다.

작은 배려

서리산 철쭉동산에서 만난 풍경.

산을 찾은 탐방객이었을 누군가가, 지난겨울 혹한의 추위와 눈의 무게를 이기지 못하고 찢어진 철쭉나무의 가지를 스카프로 묶어 놓았다. 아마 철쭉나무가 안쓰러워 응급처치를 해 놓은 것이겠지. 누군지는 모르겠지만, 정말 숲을 아끼는 사람이라는 생각이 들었다. 매일 매일 숲을 오가다 보면 눈살 찌푸리는 일이 흔한데, 이날만큼은 정말 마음이 훈훈했다.

나무 상태를 보니 다행히 조금만 치료를 하면 다시 건강하게 자랄 수 있을 것 같아, 이튿날 진흙과 헝겊을 가지고 가서 가지를 튼튼하게 묶어 두었다.

곤충의 일생 중 가장 위험한 시기는 애벌레 시절일 것이다. 단백질이 풍부해서 호시탐탐 먹잇감으로 노리는 천적이 많지만, 정작 제 몸을 방어하기에는 너무 연약하기 때문이다. 그래서 애벌레가 주로 선택하는 방법은 천적의 눈을 속이는 다양한 위장술이다.

무르고 약하다고 해서 만만한 것은 아니다

이 점박이류 애벌레는 코브라로 위장한 것 같다. 가느다란 막대기로 슬쩍 건드렸더니 막대기를 덥석 물었다. 생각지도 못한 방어에 깜짝 놀랐다. 다시 건드려도 여지없이 막대기를 꽉 물고는 놓지 않아 막대기에 자그마한 몸이 딸려 올 정도였다. 약해 보이기만 하는 애벌레의 자기방어는 위장에만 의존하는 수동적인 태도가 아니었나 보다.

인생은 타이밍이다

1,000년이 넘은 씨앗에서 싹이 났다는 보도를 들었다. 씨앗은 발아 조건이 맞지 않으면 잠들었다가휴면, 조건이 맞을 때 싹을 틔우는 특성이 있다. 식물 호르몬이 씨앗의 휴면과 발아를 조절한다. 식물이 이처럼 휴면기를 갖는 이유는 동물과 달리 움직여서 자신에게 맞는 환경을 선택할 수 없기 때문이다.

한편, 씨앗의 발아 조건이 맞아 떨어진다고 해서 완전한 성공은 아니다. 사진 속 산달래처럼 말이다. 보통은 이른 봄에 싹이 나서 자라는데, 이 산달래는 어쩌다가 한여름에 발아 조건이 맞은 모양이다. 꽃잎이 지기도 전에 꽃가루받이를 마쳤는지 씨앗에서 싹이 났다. 하지만 꽃의 일부가 살눈으로 변해 종피가 없어 겨울을 날 수 있을지 모르겠다. 싹이 정상적으로 자랄 시간적 여유가 너무 없어 보여 걱정이다.

누가 뽕나무이를
비루하다고 말할 수 있나

뽕나무이는 언뜻 곰팡이나 먼지처럼 보인다. 애벌레의 배 끝에서 실오라기 같은 납 물질이 분비되기 때문이다. 천적의 위협을 피할 수만 있다면 뽕나무이에게는 지저분해 보이는 것쯤은 문제가 되지 않는다. '그렇게까지 구차하게 목숨을 부지해야 하나?'라고 생각하는 사람도 있을지 모른다. 그러나 이것은 구차함의 문제가 아니라 죽느냐 사냐 하는 생존의 문제다.

주어진 것에 감사할 줄 아는

으름덩굴이 오랜만에 햇빛을 듬뿍 맛보고 있다.
응달이나 반음지에서 자라는 덩굴식물인지라
좀처럼 햇빛을 풍족하게 얻기가 어려운데
오늘은 운이 좋았다.
흔치 않은 성찬이지만,
으름덩굴은 서두르지 않는다.
느긋하고 여유롭게 식사를 즐기는 모습을 보니,
사람처럼 체하지는 않겠다.

작은 것일수록
톡 톡 한 법

조리(笊籬)를 만들 때 쓴다고 해서 조릿대로 불리며, 산죽이라고도 한다. 대나무 중에서 가장 키가 작고, 주로 중부 이남의 야산과 고산지대의 음지에서 빽빽하게 무리 지어 자란다.

조릿대는 땅속줄기로 뻗어 나가므로, 땅 위로 보이는 것은 조릿대의 가지라고 생각하면 된다. 잎눈이 꽃눈으로 변하기 때문에 좀바위솔처럼 일생에 딱 한 번 꽃을 피우고 열매를 맺는다.

인삼을 능가할 만큼 약성이 강하다고 알려진 약용 식물이기도 하다. 일본에도 조릿대가 자라는데, 약효가 신통치 않은 모양이다. 약용으로 쓰이는 것들은 대부분 우리나라에서 채취해간다고 하니 말이다.

태어나서 처음 맞닥뜨린 초비상

　새끼 거미가 집단으로 모여 있기에 카메라 셔터를 눌렀다. 셔터 소리에 놀랐는지 모두 비상이다. 태어나 처음으로 타 보는 거미줄이지만 녀석들은 능숙하게 탈출을 시도한다. 일정한 간격을 두고 질서 있게 거미줄에 달라붙는다.

　부화한 새끼 거미는 보통 알주머니에서 한두 차례 탈피를 한 후, 알주머니 밖으로 나온다. 독립할 때까지는 어미의 보호를 받으며 일정 기간 집단생활을 한다.

생강나무 잎

목련 잎

박쥐나무 잎

함박꽃나무 잎

나뭇잎의 손끝은
빛을 닮았다

나무가 건강하고 왕성하게 자라려면 빛을 효율적으로 이용해야 한다. 광합성, 증산작용, 호흡작용이 모두 빛과 관련 있기 때문이다. 그래서 나무는 빛을 적절하게 활용하고자 나뭇잎의 모양과 크기, 배열 상태를 조절했고, 특히 나뭇잎의 끝을 섬세하게 발달시켰다. 이른바 나뭇잎 분화로, 톱니, 결각, 겹잎 등이 그 예다.

가령 같은 양의 햇빛을 받는다고 했을 때, 넓은 홑잎보다는 겹잎인 경우에 잎의 온도가 덜 올라간다. 따라서 겹잎의 증산량이 더 적어지고, 나무의 생장에 지장을 주는 수분 스트레스도 줄일 수 있다.

그러나 세상 모든 일이 그렇듯 예외도 있다. 대부분의 나무가 잎을 분화시키고자 애쓰는 반면, 함박꽃나무나 목련처럼 오래전에 물려받은 잎 모양을 그대로 유지하는 나무도 있다. 이들의 입장에서는 달리 분화의 노력을 하지 않아도 될 만큼 현재의 상태가 최상일 수도 있겠지만, 혼자만 노력을 하지 않는 모습을 보니, 얼굴이 좀 두껍다는 생각도 든다. 실제로 목련이나 함박꽃나무의 잎이 두껍기는 하다.

이 험한 세상
견뎌 내려고
그리 독을 품었을까

천남성은 꽃차례를 둘러싸고 있는 포라는 잎이 꽃잎을 대신한다. 꽃자루도 없이 꽃가루만 잔뜩 있는 자잘한 꽃들이 육수꽃차례로 달려 있다. 꽃 속의 온도를 일정하게 유지하고자 주로 밤에 꽃을 피우며, 이때 수술의 포를 벌렸다 오므렸다 한다. 이 공간으로 따뜻한 곳을 찾는 야행성 곤충들이 드나들며 꽃가루받이를 도맡는다. 자신들에게 어떤 변이 생길지도 모른 채 말이다.

앞서 언급한 것처럼 수술은 포를 벌렸다 오므렸다 하므로, 꽃가루받이 매개체들이 자유롭게 들락날락할 수 있지만, 암술의 포 부분은 포개져 있어 드나드는 공간이 비좁다. 그래도 암술의 향기에 빠진 곤충들은 포 부분을 어떻게든 비집고 들어간다. 돌이킬 수 없는 죽음의 길로 들어서는 것이다.

곤충이 꽁꽁 겹쳐진 암술의 포를 하나하나 뒤적이면서 다시 빠져나가기란 쉽지가 않다. 갇힌 곤충은 어떻게든 빠져나가려고 이리저리 헤매고, 덕분에 곤충에 묻어 있던 꽃가루는 암술에 쉽게 달라붙는다. 꽃가루받이에 성공하면 때에 따라서는 암술이 포를 느슨하게 하는 경우도 있지만, 매년 관찰한 바로는 천남성 10그루 중 6~7그루에서는 죽은 곤충이 있었다.

천남성은 곤충 뿐 아니라 사람도 특히 유의해야 하는 식물 중 하나로, 독성이 매우 강하다. 예로부터 백부자와 함께 사약(賜藥)의 재료로도 쓰였다. 알뿌리 주변에 붙어 있는 수염뿌리를 이쑤시개로 살짝 찍어 혀에 대도 금방 혀가 굳어 버린다. 마치 바늘 끝으로 혀의 신경을 콕콕 찌르는 것처럼 고통스럽다. 장희빈이 숙종의 사약을 받고는 '원샷'했다는 농담이 괜히 나온 게 아닌 것 같다.

우연:
혹시 모를 진화의 한가운데

거미를 관찰하던 중 특이한 행동을 보았다.
보통은 바람이 부는 반대 방향으로
실젖을 높이 올리고 거미줄을 날린 뒤,
몇 번을 왕복하며 거미줄을 튼튼하게 만든다.
그런데 이 녀석은 최초로 만든 아주 가는 거미줄에
마치 코팅을 하듯 5~6회 액체를 쏘았다.
그랬더니 거미줄이 아주 튼튼하게 연결되었다.
녀석은 줄의 상태를 확인이라도 하는 것처럼
거미줄을 흔들어 보기도 하고,
왔다갔다 해보기도 하더니만 일단 제 집으로 들어갔다.
더욱 진화된 거미줄 치는 방법이라도 찾은 것일까?

멀리서도
그대 나를
한눈에 알아봤으면

개다래는 깊은 산속이나 계곡에서 자라
는 식물이다. 열매를 먹을 수는 있으나 혀를
톡 쏘는 매운맛이 나 썩 맛있지는 않다. 그래
서 이름 앞에 접두어 '개'자가 붙었나 보다.

개다래 꽃은 크기도 작고 나뭇잎 뒤에 가
려져 피는 데다, 덩굴식물이다 보니 주변도
어두워서 꽃가루받이 매개체인 곤충을 불러
들이는 데 한계가 있다. 그래서 고안한 방법
이 나뭇잎 윗면을 하얗게 하는 것이었나 보
다. 꽃을 크고 화려하게 만드는 것보다 에너
지가 덜 들면서도 멀리서도 눈에 퍼뜩 띄는
효과가 있다.

커다랗고 화사한 흰색 잎이 마치 꽃인 줄
안 곤충들이 꿀도 많을 것이라 여기고 개다
래 잎으로 다가오면, 그때 실제 개다래 꽃이
향기를 약간 뿜으며 곤충들을 유혹한다. 기
막힌 번식전략이다. 꽃가루받이가 무사히 성
공하면 잎은 다시 서서히 녹색으로 변한다.

살아간다는 것은

외로움을
견디는 일이라고

참나무류, 팥배나무 등 다른 나무에 밀리면서도 어떻게든 햇빛이 닿는 곳을 찾다 보니 여기까지 왔다. 바위에 뿌리를 내리는 것이 너무도 힘들었던지라 제대로 자라지 못했다. 주변 소나무들에 비하면 매우 왜소하지만, 이제는 아무런 걱정이 없다. 인위적인 방해만 없다면, 원하는 만큼 햇빛을 받으며 오래오래 불암산 줄기의 능선에서 살아갈 수 있을 테니 말이다.

자세히 들여다봐야 해
중요한 것은
잘 보이지 않으니까

초여름 산행을 하다 보면 꽃잎이 뒤집어진 산수국을 흔히 볼 수 있다. 뒤집히기 전에는 꽃잎의 크기와 모양, 색상이 서로 달라 화려하면서도 독특해 보인다.

산수국 꽃 가장자리를 보면 네잎 클로버를 닮은 꽃 6~10개가 피어 있다. 꽃잎 서너 개로 이루어진 이 연보라색 꽃은 사실 벌과 나비를 유혹하기 위한 헛꽃으로, 암술과 수술이 없다_{예외적으로 제주산수국처럼 양성화인 것도 있다}. 진짜 꽃은 짙은 보라색이나 붉은색으로, 헛꽃에 둘러싸여 오밀조밀하게 핀다.

진짜 꽃은 매우 작지만, 꽃 하나하나에 암술과 수술, 꽃잎 등 꽃이 갖춰야 할 것은 모두 갖췄다. 하지만 크기가 워낙 작고, 나무 그늘에서 피다 보니 벌과 나비의 눈에 잘 띄지 않을 것이다. 산수국이 가장자리에 헛꽃을 만들어 낸 이유다.

꽃가루받이 매개체인 곤충은 눈에 잘 띄는 헛꽃을 보고 꿀이 많을 것이라 여기며 날아온다. 그런데 막상 와서 보니 헛꽃인 걸

알고 돌아가려다가 여기까지 온 기름 값이 아까워 볼품없어 보이는 진짜 꽃을 뒤적거려 본다. 꽃이 작아 꿀도 적긴 하지만 곤충은 한 모금이라도 더 얻어가려고 애쓴다. 이렇게 산수국의 꽃가루받이는 성공! 열매를 맺기 위해 세운 일종의 생존전략이 잘 맞아 든 것이다.

꽃가루받이가 끝난 후 산수국이 보이는 태도 또한 대단히 정교하다. 꽃가루받이가 이루어졌으니 더 이상 벌, 나비를 부를 필요가 없으므로, 헛꽃은 꽃잎을 뒤집고 색도 칙칙한 갈색으로 바꾼다. "우리 집은 꽃가루받이가 끝났으니 이제는 손님을 받지 않습니다. 저쪽 처녀, 총각들이나 중매해주세요."라고 알리는 것처럼 말이다. 즉 결혼했으니 장사 끝이라는 거다.

견 우
직 녀 달 ^{7月}

녀석,
요리 실력이 보통이 아니다

애벌레가 아침 식사를 준비 중이다.
노랑물봉선의 줄기를 짧게 자르고,
섬유질이 있는 껍질은 마치
사람들이 고구마 줄기를 벗기듯
벗겨 내는 솜씨가 예사롭지 않다.
애벌레는 식재료도 꼼꼼하게 따진다.
먹이라고 무턱대고 손대는 것이 아니라,
양분이 풍부한 곳만 골라서 자른다.
또한 이미 잘린 줄기는 거들떠보지 않고
꼭 새로운 줄기를 선택해서 요리한다.
몸은 말랑말랑하니 연약하지만,
턱뼈만큼은 어른벌레 못지않게 강해
나뭇잎이나 줄기를 요리해 먹기에는 부족함이 없다.

7월 견우직녀달

한 걸음 떨어져야 읊을 수 있는 목가

지루하던 장마가 끝나고 본격적으로 뜨거운 여름이 오면 고산지역에서는 충매화와 곤충의 잔치가 시작된다.

곤충을 통해 꽃가루받이를 하는 충매화는 꽃 색을 진하게 하거나 독특한 향을 내뿜기에 여념이 없고, 곤충은 이러한 꽃의 색상과 향기를 따라 꿀을 찾아다니느라 정신이 없다.

이러한 산속 잔치에는 우열관계에 따른 나름의 규칙이 있다. 큰 꽃을 담당하는 것은 큰 곤충, 작은 꽃을 담당하는 것은 작은 곤충이다. 그러나 상황이 여의치 않아 같은 꽃을 노려야 하는 경우도 있는데, 이럴 때 작은 곤충은 공중에서 기다리며 기회를 엿봐야 한다. 물론 성공 확률은 높지 않다.

사실 충매화 입장에서는 번식을 위해, 곤충 입장에서는 꿀을 구하기 위해 분투하는 것이겠지만, 한 발자국 떨어져서 바라보는 사람의 눈에는 이러한 풍경이 한 없이 여유롭고 평온해 보이기만 한다.

있는
그대로의
내가
좋다

강원도에서는 잠자리를 '촐뱅이'라고 부른다. 아마 움직임이 촐랑대는 것처럼 보여 그리 부르는 것 같다. 어릴 때는 잠자리 앞에서 손가락을 뱅뱅 돌리거나, 나뭇가지에 앉아 날개를 완전히 떨굴 때를 기다렸다가 잠자리를 잡곤 했다. 이런 기억 탓인지 잠자리는 다른 곤충보다 더 친근하게 느껴진다.

날 수 있는 조류나 곤충은 모두 날개를 이용해 한 방향으로 날거나 서서히 방향을 전환하는 데 반해, 잠자리는 날개가슴의 잘 발달된 근육을 이용해 공중에서 정지, 상승, 회전, 배면 비행까지 할 수 있으며, 심지어 물잠자리류는 후진까지 가능하다. 즉 잠자리는 4익四翼 구동형인 셈이다.

잠자리비행기로도 불리는 헬리콥터는 이러한 잠자리의 수평 수직 비행에서 착안해 만들어진 것이라고 한다. 실제로 잠자리가 날다가 쉬려고 할 때의 진입 방향과, 앉았을 때 날개의 위치가 수평에서 아래쪽으로(단, 2단의 순서로) 바뀌는 각도를 보면 조종사가 시동을 끄는 순서 그대로다. 잠자리를 잡을 때, 날개를 떨어뜨린 후 1~2초를 기다렸다가 잡으면 쉽게 잡을 수 있는 것도 잠자리가 시동을 완전히 끄고 조정석에서 내린 후이기 때문이다.

잠자리는 기동성 있는 몸 구조뿐 아니라 회전 가능한 머리와 발달한 겹눈도 자랑한다. 덕분에 무려 6~20미터 전방의 사물까지 볼 수 있어 날아다니는 벌레도 잡을 수도 있다고 한다. 잠자리가 어디에 앉든 제일 먼저 앞발로 눈부터 청소하는 것도 눈이 보배인 까닭이리라.

잠자리는 현재 상태로도 살아가는 데 부족한 점이 없는 모양이다. 약 3억 2,500만 년 전 모습에서 전혀 변하지 않은 것을 보면 말이다.

'우리'라는 테두리의 배타성

참새피는 우리나라 자생식물이다. 물참새피, 털물참새피, 큰참새피는 같은 참새피 속 식물이지만, 다른 나라에서 태어난 외래식물이다.

참새피는 열매나 꽃이 달리는 배열과 모양이 예뻐 사람들이 좋아하는 식물이지만, 외래식물 3인방은 우리나라 생태계를 교란시키고, 꽃가루가 알레르기나 호흡기 질환을 유발할 수 있다고 해서 배척당하고 있다. 물참새피와 털물참새피는 생태계교란 야생생물로도 지정되었다.

물론 국내의 고유한 생태계가 파괴되는 것은 우려할 만한 일이지만, 그 때문에 무작정 외래식물을 나쁜 식물 취급하는 것은 썩 납득이 가지 않는다. 외래식물이 제 발로 이 땅에 들어온 것도 아니고, 여러 필요에 의해 사람들이 옮겨 온 것일 텐데 말이다.

열정:

엘라이오솜을 대하는 개미의 자세

금낭화, 제비꽃, 애기똥풀, 피나물류의 씨앗에는 단백질, 지방 등으로 구성된 물질 엘라이오솜이 붙어 있다. 특히 개미가 이 물질을 좋아해서 위의 식물들은 엘라이오솜elaiosome으로 개미를 유혹해 씨앗을 멀리 퍼뜨린다.

엘라이오솜의 냄새를 맡은 개미는 씨앗을 물고 집으로 가져간다. 이때 부속체에 흙이나 지저분한 것이 묻지 않도록 씨앗을 꼭 위로 향하게 해서 운반한다. 집에 도착하면 씨앗에서 엘라이오솜만 떼어 먹고 씨앗은 개미집 밖에다 버리는데, 개미집 주변에는 비교적 영양분이 많아서 씨앗이 자라기에는 그만이다.

개미가 실제로 엘라이오솜을 좋아하는지 아닌지를 알아보고 싶다면, 개미집 부근에 엘라이오솜을 뗀 씨앗을 놔둬 보자. 아무런 반응도 보이지 않을 것이다. 반대로 엘라이오솜이 붙은 씨앗을 한 스푼 가량 놔두면 1시간 30분 정도면 다 옮기는 열성을 보일 것이다.

담쟁이덩굴이
타고 오르면

그 어디든 풍경이 된다

담쟁이덩굴은 감미료가 없던 옛날에는 설탕 대신 쓰이기도 했고, 한때는 각종 병의 특효약으로 알려지면서 남획되기도 했다. 약재로 쓰인 것은 주로 소나무나 참나무를 타고 오르는 것으로, 바위를 타고 오르는 것은 독이 많다고 해서 약재로 쓰이지 않았다. 지금이야 다행스럽게도 '약재'로서는 사람들의 관심에서 벗어났다.

대신 이제는 나무나 바위는 물론이거니와 담벼락이나 건물 외벽, 심지어 방음벽물론 이 경우는 사람이 심은 것이겠지만까지 타고 오르면서 '풍경'으로서 사람들의 관심을 끌어당긴다. 담쟁이덩굴의 한자 이름은 지금地錦, 즉 땅을 덮은 비단이다. 특히나 도심에서는 온통 잿빛인 풍경을 담쟁이덩굴이 조금이나마 초록빛으로 칠해 주고 있으니, 그야말로 땅을 덮은 비단이라 해도 손색이 없다.

숲 속 의   작 은   군 대

장수벌^{여왕벌}의 통솔 유형은 출정하는 순서에 따라 서로 다르다. 제일 앞에서 일벌들을 이끌면서 나오는 유형, 들락거리며 일벌들을 독촉하면서 나오는 유형, 모든 일벌을 먼저 내보낸 후 가장 마지막에 나오는 유형이 있다.

꿀벌 조직은 꿀 탐색조, 수집조, 이동조, 관리조, 청소조, 경계조, 온도 조절조, 예비조 등으로 나뉘고 각각의 임무를 명확하게 수행한다. 그런데 여기서도 농땡이꾼은 있다. 빈들거리고 돌아다니면서 할 일 없이 여기저기 기웃거리며 꿀만 축내는데도 무사한 것을 보니, 꿀벌 조직에는 쓴맛이 없나 보다.

슬픔이란

아무리 흉내 내도

광대수염은

쐐기풀이 될 수 없다는 것

쐐기풀은 생물계 최고 수준의 방어 시스템인 독침을 갖추고 있다. 광대수염은 의태의 일환으로 쐐기풀과 거의 유사한 잎을 만들었다.

광대수염은 꿀을 아무에게나 주지 않는다. 꽃 아래 아주 작은 입구를 만들어 놓고서 꽃가루를 잘 나르는 꿀벌만 드나들 수 있게 했다. 큰 벌이나 나비는 들어갈 수가 없다. 하지만 꿀이 있는 줄 뻔히 아는데 다른 벌레들이 그냥 넘어갈 리가 없다. 꽃부리 옆쪽에 구멍을 내고 꿀을 빼앗아간다. 꿀을 얻기 위한 나름의 수칙을 여러 세대에 걸쳐 계승시켰나 보다.

광대수염은 자기방어를 위해 독침을 가진 쐐기풀을 짓시늉하는 대안을 만들어 냈지만, 꿀 도둑에 대한 대안은 아직 마련하지 못한 것 같다. 게다가 사실 광대수염의 롤모델인 쐐기풀은 수분을 위해 벌레를 불러 모을 필요가 없는 풍매화다. 그래서 꿀도 만들지 않는다는 사실을 광대수염은 몰랐나 보다.

메뚜기 이빨 같은 강점이
분명 그대에게도 있을 것이다

메뚜기는 잎을 먹을 때 가장자리부터 갉아먹고, 먹이가 부족하지 않는 한 잎맥은 남겨 둔다. 그런데 어찌된 일인지 사진 속의 메뚜기들은 잎 안쪽을 동그랗게 갉아먹고 있었다. 배가 무척 고픈 게 아니었다면 특이하게 욕심이 많은 녀석들인지도 모르겠다.

메뚜기는 특히 바랭이나 억새, 강아지풀처럼 잎이 길쭉하고 끝이 뾰족한 벼과 식물을 좋아한다. 그래서 농민들이 피해를 보기도 하지만, 무공해 농사를 짓는 곳에서는 메뚜기가 큰 역할을 한다. 메뚜기는 친환경 농업의 산 인증서이기도 한 셈이다.

동물의 이빨은 육식성, 초식성, 잡식성 이빨로 나눌 수 있고, 먹이가 다른 만큼 각각 형태도 다르게 진화했다. 초식성 곤충인 메뚜기는 이빨 역시 초식성으로 진화했다. 다른 동물을 무는 데는 적합하지 않지만, 잎을 갉아먹는 데는 다시없을 만큼 효율적이고 튼튼하다.

문득 넓은 초지에 메뚜기 떼가 날아와서 그곳을 초토화시키는 영화의 한 장면이 생각난다.

살다 보면 누구나
낭패 한번쯤은 겪는다

대부분의 식물은 딴꽃가루받이_{타가수분}를 한다. 이는 우량종을 만들어 내기 위한 식물의 본능적 전략이다. 물론 환경이 여의치 않을 때는 제꽃가루받이_{자가수분}도 감수하고, 무성생식을 하는 경우도 있다.

옥수수도 딴꽃가루받이를 하기 위해 나름의 생존전략을 짰다. 한 그루에서 수꽃은 위쪽, 암꽃은 아래쪽에서 개화 시기를 달리해 핀다. 먼저 수꽃이 피고, 나중에 포에 쌓여 있던, 흔히 옥수수수염이라고 불리는 암꽃이 핀다. 제꽃가루받이를 방지하고, 암꽃이 다른 그루 수꽃의 꽃가루를 받을 수 있도록 한 것이다.

그런데 사진 속 옥수수는 마음이 급했는지 같은 그루의 수꽃과 암꽃이 동시에 개화해서 수분을 해버렸다. 이번에는 아마 우량종 옥수수가 나오기는 힘들 것 같다.

그대 큰 눈에
나를
담을 수는 없으니

　　깡충거미류는 거미줄을 만들지 않지만, 만약의 사태에 대비해 안전띠 역할을 해줄 거미줄을 달고 다닌다. 유사시의 생명줄이 되겠다. 앞부분에 난 털은 발끝을 구둣솔처럼 청소하는 역할을 한다. 특히 자동차 전조등처럼 동그랗고 큰 눈이 인상적인데, 정작 시력은 좋지 않다. 눈의 초점이 맞지 않아 깡충거미에게 보이는 세상은 흐릿하다고 한다.

어릴 때는 몰라봤던
귀하신 몸

큰조롱은 백하수오라고도 한다. 적
하수오라고 불리는 하수오와는 다른 식물
이다. 하수오는 열매와 잎이 달리는 위치,
꽃의 색깔이 모두 큰조롱과 다르다.

어린 시절에는 덜 익은 큰조롱 열매를
질겅질겅 씹어 먹곤 했다. 큰조롱에는 여
러 가지 약효 성분이 함유되어 있어 한약
시장에서 빼놓을 수 없는 약초로 취급받
는데, 어릴 때 은연 중에 그 효능을 알았
던 모양이다.

이거야말로
아닌 밤중에 홍두깨

숲으로 향하는 출근길인 임도에서 70여 년 된 잣나무의 가지 하나가 폭설로 인해 부러진 것을 보았다. 그런데 잣나무보다 더 큰 화를 입은 것은 잣나무 아래에 있는 쪽동백나무였다. 잣나무의 가지 하나가 부러지면서 쪽동백나무의 모든 가지를 강제로 가지치기한 것이다.

잣나무에게는 폭설로 인한 피해였겠지만, 쪽동백나무 입장에서는 그야말로 마른하늘에 날벼락이었겠다.

거미줄:
실낱같지만 옹골찬

거미는 꼼꼼하게 거미줄을 치고서 최종 점검을 하는 중이다. 거미줄이 워낙에 정교해서 금방이라도 희생양이 생길 것 같다.

거미줄은 거미의 배 끝부분에 있는 실젖[대개 3쌍]에서 만들어진다. 실젖에는 실샘이라는 기관이 분포하고, 여기서 분비되는 액체가 실젖을 통해 나오면서 고체로 굳어지고 거미줄이 되는 것이다. 거미줄은 면보다 가벼우면서 같은 무게의 강철보다 강도는 높다고 한다.

거미줄은 먹이를 잡는 데만 쓰이는 것이 아니다. 잠을 잘 때, 이동할 때, 천적으로부터 몸을 숨길 때, 알을 보호할 때 등 여러 상황에서 요긴하게 이용된다.

삶은 이렇게도 끈끈한 것을 2

유럽 원산인 끈끈이대나물은 관상용으로 들여왔던 것이 태백산맥을 따라 퍼졌다. 줄기에 난 마디 아래를 보면 껍질이 벗겨진 것처럼 갈색인 부분이 있고, 여기서 끈적끈적한 점액이 나온다. 개미나 파리 등이 이 위에 앉으면 달라붙는다고 해서 영어 이름도 캐치 플라이catch fly, 즉 파리 잡는 풀이다.

식물은 꽃을 피워 꽃가루받이 매개체를 유인하고, 열매씨앗를 멀리 퍼뜨리고자 여러 가지 전략을 짜는 동시에 꽃가루받이에 방해가 되는 요소를 제거하기 위한 노력도 게을리 하지 않는다. 끈끈이대나물이 점액을 분비하는 것 역시 꽃가루받이에 도움이 되지 않는 벌레를 차단하기 위한 수단인 것이다.

언행일치

　크기가 작은 곤충이 천적으로부터 목숨을 지키기 위해 쓰는 생존전략은 다양하다. 그중 하나가 죽은 척하다가 기회를 엿봐 도망치는 의사擬死다. 이 전략은 '나는 죽어서 맛이 없으니까 공격하지 말라'는 의미를 내포하고 있을 것이다.

　의사 전략을 쓰는 곤충은 보통 '죽은 것'처럼 연기하지만, 바구미류는 다르다. 연기가 아니라 진짜로 기절한다. 하기야 죽은 척하면서 가슴을 졸이는 것보다 실제로 기절해서 숨 막히는 긴장감을 느끼지 않는 편이 더 낫기는 하겠다.

노린재동충하초:

누군가의 가슴에 파고든다는 것

　　노린재동충하초는 노린재류를 숙주로 해서 자라는 동충하초의 일종으로, 노린재버섯이라고도 한다. 버섯의 균사체가 겨울철에 애벌레나 어른벌레의 몸속에 잠복해 있다가, 여름과 가을에 몸을 뚫고 자라는 신비한 버섯이다. 숲의 습한 곳이나 풀밭, 돌 사이에서 보이며, 자실체는 노린재류의 가슴에서 나타난다.

　　동충하초는 인삼, 녹용과 더불어 3대 한방약으로 불린다고 하니, 산행할 때 꼭 만났으면 하는 버섯이다.

정작 짚신나물은 무어라 불리고 싶을까

짚신나물은 독성이 거의 없고, 항암 효과가 뛰어나서 약초로 주로 쓰인다. 생약명은 무척 다양하다. 봄에 돋아나는 새싹이 용의 이빨을 닮았다고 해서 용아초, 이리의 이빨을 닮았다고 해서 낭아초, 전초를 학이 물어다 줘서 병이 나았다고 해서 선학초라 불리기도 한다.

사진 속 짚신나물은 언뜻 큰짚신나물, 털짚신나물 등과 흡사해 보이지만, 지금까지는 생육 상태가 매우 좋은 짚신나물로 유보된 상태라고 한다. 어쩌면 훗날에는 생약명처럼 학명이나 향명도 다양해질지 모르겠다.

건우각너담

소나무도
시인처럼
쟁글쟁글
햇볕만 바란다

    소나무는 활엽수보다 먼저 지구에 출연한 수종이다. 비교적 높은 고지와 경사진 암벽 주변에서는 현재 우점종 인 참나무에 밀리지만, 나름의 생존전략을 터득해 열악한 환경에서도 잘 적응해 산다.

    사진 속 소나무도 그렇다. 소나무는 햇빛을 좋아하는 극양수인데, 아무래도 우점종인 참나무가 가득한 숲에서 는 햇볕을 받는 일이 쉽지만은 않을 터다. 어떻게든 햇빛 을 많이 받을 수 있도록 손을 뻗고 뻗다 보니 모든 가지는 한쪽 방향으로 향했을 것이고, 그 무게를 지탱하기 위해 줄기는 그 반대쪽으로 비스듬하게 자란 것이겠지. 그 와중 에도 소나무는 다른 수종에 절대로 피해를 주지 않으면서 상생한다고 하니, 가지가 한쪽으로만 쏠린 모습도 예뻐 보 인다.

    덧붙여 소나무는 뿌리에 영양분을 분해하는 공생균이 있어 소나무끼리 모여 있어야 더 잘 살 수 있다.

꽃의 언어를
이해할 수 있다면

여름방학이 시작될 즈음이면 고산지역에서는 동자꽃과 둥근이질풀이 한창이다.

사진 속 이질풀의 꽃 바로 아래 달린 열매는 고개를 숙이고 있다. 아마 바로 위에 있는 꽃이 피는 데 방해가 되지 않으려 한 것 같다. 더 아래쪽 열매는 금방이라도 꽃이 필 듯 고개를 곧추세우고 있다. 옆에 핀 동자꽃은 꽃가루받이가 되는 곤충이 오기도 전인데, 딱정벌레류에게 고운 얼굴을 뜯겼다. 속상할 텐데 그래도 꽃가루받이가 와주기를 착하게 기다리고 있는 것 같다.

나란히 자란 두 꽃은 서로 귀엣말로 속삭이는 듯도 하다. 무슨 이야기를 하는지 엿듣고 싶다.

나는 애기똥풀만큼이라도
누군가에게 도움이 되었을까

　간혹 숲에서 벌레에 물리거나 타박상을 입었을 때 애기똥풀로 즙을 내어 바르면 응급처치로는 그만이다. 애기똥풀의 학명*Chelidonium majus,*에서 *Chelidonium*은 희랍어로 제비를 뜻하는 chelidon에서 나왔다. 갓 태어난 제비 새끼의 눈에는 이물질이 많아 눈을 제대로 뜨지 못하는데, 이때 어미 제비가 애기똥풀의 유액으로 새끼의 눈을 씻어준다고 것에서 유래했다고 한다.

　풀에서 나오는 즙의 색깔이 노란 애기 똥 색깔과 닮았다고 해서 애기똥풀이라는 이름이 붙었지만, 이 외에 까치다리, 씨아풀, 젖풀이라는 이름도 전해진다.

끝까지 지켜 주겠다는

마음

밤나무는 세월이 오래 흘러도 뿌리에 처음 싹이 텄던 밤톨[씨밤]이 그대로 남아 있고, 밤톨은 새싹이 자라 열매를 맺을 때까지 영양분을 공급한단다. 이런 점이 조상과 후손의 영원한 이어짐, 조상의 음덕을 연상시킨다고 해서 우리나라에서는 조상을 모시는 위패를 밤나무로 만든다.

내게 밤은 어린 시절의 톡톡한 용돈벌이 수단이었다. 아침에 일어나 밤새 떨어진 알밤을 주워다 팔곤 했는데, 그때 번 돈으로 가을운동회 때 입을 흰색 러닝과 검은색 바탕에 흰 줄이 새겨진 반바지를 샀더랬다.

참고로 우리가 먹는 밤은 밤나무의 열매가 아닌 씨앗이다.

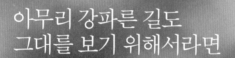

아무리 강파른 길도
그대를 보기 위해서라면

꼬리진달래는 태백산과 소백산의 양백지
간인 강원도와 경상북도, 충청북도 삼도 접경
지역 등지의 바위산 능선에서 자라는 늘푸른
떨기나무다. 참꽃나무겨우살이로도 불린다.
잎이 달린 채로 월동한 가지 끝에 흰 꽃이 20
여 송이씩 모여 피며, 은은한 향이 일품이다.
그러나 서식지가 험준한 바위산 능선이라 발
품을 팔지 않으면 쉽게 볼 수 없다.

타오름달 ^{8月}

감히 누가 청설모의 먹이를 건드리나

숲 체험 행사를 마치고 내려오는 길에 나무 위에서 아주 큰 잣송이 하나가 뚝 떨어졌다. 무심결에 잣을 주웠는데, 이내 어디 선가 청설모 한 마리가 내려와 그 주변을 두리번두리번 살폈다. 내가 주운 잣은 아마 녀석이 따 먹으려던 것이었나 보다.

잠시 후, 나무 위에서 또 잣 하나가 떨어졌다. 청설모의 반응이 궁금해서 나는 또 잣을 주웠다. 아니나 다를까 아까 그 녀석이 다시 내려왔는데, 이번에는 두리번거리지도 않고 내게로 바싹 다가왔다. 내 앞에 버티고 선 청설모의 얼굴을 보니 눈은 크게 뜨고서 입은 씰룩이고 있었다. 마치 내게 뭐라고 욕을 하는 것처럼 말이다.

호기심으로 장난 한번 친 것이지만 어쩐지 미안해져서 주운 잣송이를 모두 던져 주었다. 그러나 녀석은 오기가 생겼던지 잣송이는 돌아보지도 않고 나무 위로 올라갔다.

고개를 들어 올려다보니, 녀석은 이번에는 절대 떨어뜨리지 않겠노라 작심을 했는지 잣을 따는 데 성공했다. 흡사 나 보란 듯이 맛있게 잣을 갉아먹더니만, 갑자기 실편을 아래로 던지는 것이 아닌가. 잠시 피하는 척했더니 녀석은 따라오면서 실편을 던졌다.

역시 장난으로라도 남의 음식, 아니 청설모의 음식은 건드리는 게 아니었다.

작전명:
왕개미를 구조하라

    시원찮은 거미줄에 왕개미가 걸렸다. 거미는 기다렸다는 듯이 순식간에 거미줄로 개미를 꽁꽁 묶어 버린다. 왕개미의 체면이 말이 아니다. 그 와중에도 자존심을 지키려는지 거미줄에 매달린 자세는 그럴 듯하다.

    어디선가 개미 구조대원들이 나타나 긴급구조를 한다. 왕개미가 같은 종의 다른 개체로부터 반응을 이끌어내기 위해 아주 소량으로 분비하는 페로몬이라는 분비물을 이용해 자신의 위험을 알렸나 보다.

    처음에는 긴급구조가 역부족인 것처럼 보였지만, 구조대원들이 성실하게 노력한 덕분인지 왕개미와 거미, 구조대원 개미들 모두 땅으로 떨어졌다. 구급차에 실리기는 했지만, 구조된 왕개미의 생사 여부는 어떤지.

인생이란
생각하기 나름

　질경이는 짓밟혀야 살아갈 수 있도록 진화한 식물이다. 열매가 캡슐처럼 되어 있어 사람이나 동물의 발에 밟혀야 캡슐이 깨지면서 씨앗이 흩어지기 때문이다. 떨어진 씨앗은 납작해서 밟혀도 부서지지 않고, 땅의 습기를 흡수해 끈적이는 액체를 분비하므로 사람이나 동물의 발에 쉽게 달라붙는다. 그래서 질경이를 보면 짓밟히는 것이 꼭 무시당하고 핍박받는 것만은 아니라는 생각도 든다.

　질경이 하면 떠오르는 것 또 하나. 어릴 적 어머니는 질경이의 어린잎을 데친 뒤에 들기름과 왕소금을 넣어 볶아주곤 하셨다. 그 맛이 어찌나 일품이던지 꽁보리밥을 한 양푼씩 먹곤 하던 기억이 생생하다.

나는 낙엽입니다

숲을 지나다 무심코 낙엽 하나에 눈길이 갔다.
처음에는 그저 낙엽이거니 하고 넘어가려다가
이 계절에 낙엽이 진 것이 신기하다 싶어
가까이 가서 관찰했다.

위에서 보고, 아래서 보고, 옆에서 봐도
영락없는 낙엽인 이것은 사실 낙엽으로 의태한
금빛갈고리밤나방이다.

잎의 주맥이나 측맥, 톱니까지 흡사하고,
심지어는 잎 일부가 잘린 것까지 낙엽과 똑 닮았다.

말벌:
의외의 자상함

　　말벌은 벌 무리 중에서 가장 몸집이 크다. 매우 공격적이며, 독성 또한 강하다. 말벌 한 마리가 지닌 독소가 무려 꿀벌 550마리의 독성과 비슷하다고 하니, 그 위력은 가히 가공할 만하다.

　　이렇게 무시무시한 말벌도 당연한 말이겠지만 애벌레를 키울 때는 무척 자상해 보인다. 애벌레의 방은 일벌 방보다 크게 짓고, 먹이도 애벌레에게 우선적으로 준다. 또 애벌레들이 나올 수 있도록 방문을 열어 두고는 그 앞에서 애벌레를 돌본다. 애벌레 방의 온도를 쾌적하게 유지하기 위해 날갯짓 하는 등 갖은 정성을 다 들인다.

　　말벌은 애벌레 때부터 위풍이 느껴질 정도지만 마치 선글라스를 쓴 듯한 검은 눈을 보면 말이다, 자식 앞에서는 이런 위용도 소용없나 보다.

풍경이 더는
기억이 되지 않도록

    영월의 덕가산 중턱 절벽 아래에는 옥동^{현재} _{김삿갓면 소재지}이라는 마을이 있고, 마을 어귀에서부터 옛 나루터까지는 강원도 말로 장광이라 불리는 너른 공터가 있다. 50여 년 전만 하더라도 이 장광에는 오래된 소나무숲이 있었으나, 제방이 생기면서 사라졌다. 이제는 이웃한 소나무 두 그루와 조금 떨어진 곳에 남은 소나무 몇 그루밖에 남지 않았다.

    150여 년이 넘는 세월 동안 강가 마을의 풍경이 되어 마을의 역사를 함께 해온 소나무들. 부디 얼마 남지 않은 소나무만이라도 사방공사로 희생되거나 도시로 붙잡혀 가지 않기를 바란다.

숲 가장 낮은 곳에서 펼쳐지는
버섯이라는 기적

　　광릉에서 처음 채집되었다는 송이버섯과의 앵두낙엽버섯을 보았다. 이름에서도 알 수 있듯이 낙엽이 있는 늦여름에서부터 가을 사이에 나타난다. 이 버섯은 물론이고 다른 버섯도 습도와 온도 등 주변 환경의 여건이 맞지 않으면 모습을 드러내지 않는다고 한다.

　　한편, 버섯은 몸체에 뿌리, 줄기, 잎의 구별이 없고, 엽록소가 없어서 다른 생물이 만들어 놓은 양분을 섭취하며 자라는 균류이자, 숲 생태계에서는 없어서는 안 될 분해자다. 버섯과 같은 균류가 없다면 지구는 아마 거대한 쓰레기 행성이 되었을 것이다.

　　또한 예로부터 식용으로도 사랑받고 있지만, 오랜 세월에 걸쳐 식용버섯으로 확인된 것 이외에는 먹지 않는 것이 좋다. 버섯 감별법이 있기는 하지만, 절대적인 것은 아니기 때문이다.

때로는 그저
받아들여야 하는 일도 있다 1

요 며칠 천둥, 번개를 동반한 폭우가 이어졌다. 오랜만에 날이 갠 틈을 타서 숲으로 나섰는데, 200여 미터 앞에서 예리한 빛이 번쩍하더니 이어서 쾅, 우지직 하는 소리가 났다. 잠시 후 표백분과 같은 냄새가 코를 스쳤다.

빛이 난 곳으로 가보니 주위에서 가장 키가 큰 신갈나무가 벼락을 맞았다. 언뜻 상처가 커 보이지 않아 벼락이 세지는 않았나 보다 싶었는데, 자세히 보니 상처가 깊게 났다. 이 정도 깊이라면 온전한 나무로 자라기는 어려울 것 같다.

타 고 난 다 는 것 은 이 런 것 1

거위벌레는 참나무류나 오리나무류의 나뭇잎 위에 알을 낳은 다음, 잎으로 알을 보호하는 요람을 만든다. 알을 덮어 주는 요람이 없으면 알이 녹아 없어지기 때문이다.

거위벌레가 요람을 만드는 과정을 자세히 관찰하면 아주 재밌다. 잎을 자르기 전에 먼저 나뭇잎의 윗면, 아랫면을 바지런히 오간다. 나뭇잎의 길이와 너비를 재는 것이 아닌가 싶다. 또 턱을 벌렸다가 다물고, 다리를 비비는 등 마치 재단 전에 준비 운동을 하는 것 같은 모습도 볼 수 있다.

준비를 다 마쳤으면 자르는 위치로 이동한 뒤, 잎을 약간만 남기고는 가로로 싹둑싹둑 자른다. 주맥이 잘린 잎은 금방 시들어서 요람의 모양을 잡기가 쉽다. 뿐만 아니라 시든 잎은 쉽게 땅으로 떨어져서 나중에 애벌레가 생존하기에도 좋다. 그런 다음 다리를 이용해서 김밥을 말 듯 잎끝에서부터 둘둘 말아 올린다. 그 모습이 마치 타고난 재단사 같다.

요람 하나를 만드는 데 드는 시간은 30분에서 1시간. 하루에 한두 개를 만들고 여름 내내 완성하는 요람 수는 30개 남짓이다.

암컷이 산란하고서 약 5일이 지나면 애벌레가 나뭇잎 요람 안에서 알을 깨고 나온다. 애벌레는 제 집을 뜯어 먹으면서 자라고, 잎을 다 갉아먹으면 흙을 파고 들어가 번데기가 된다. 그리고서 한 달쯤 후에 능력 있는 재단사가 되어 나온다.

사랑하니까 떠난다는 말

미루나무에게는
해당되지 않는다

이 미루나무는 물을 좋아해서 물가에 뿌리를 내렸는데, 태풍과 장마로 불어난 물에 휩쓸려 쓰러졌다. 지상부가 완전히 쓰러져 누웠지만, 가지는 하늘을 향해 힘차게 뻗었다. 위태위태한 환경에서도 새 삶을 시작하는 것을 보니, 미루나무는 어지간히 물가가 좋은 모양이다.

다시 시작할 수 있다는
희망

고산지인 정선 만항재에서 둥근이질풀을 만났다.
늦여름이지만 번식을 위해 애쓰고 있었다.
씨앗을 숙성시키고자 꽃잎도 떨어뜨렸고,
꽃대도 위로 힘껏 올렸다.
지렛대의 원리를 이용해 붉은색 암술대 맨 안쪽에 든
씨앗 다섯 개를 멀리 날려 보낼 것이다.
비록 시기적으로는 늦은 감이 있지만,
부디 좋은 환경으로 가서 무사히 싹 트기를 바란다.

한 걸음의 꿈

나무를 타고 오르는 것보다 바위를
타고 오르는 것이 훨씬 힘들지만,
암벽등반의 길을 택했다.
한 걸음 한 걸음 오르다 보면 언젠가
는 이루어질 것 같아서,
숲이 되고 싶다는 그 꿈.

포 기 하 지 않 아 서 고 맙 다

3년 전에 소나무 줄기 사이에 안착해 자라던 어린 물푸레나무가 그 사이에 이만큼이나 자랐다.

식물은 씨앗을 가능한 멀리 이동시키려고 노력한다. 생존 경쟁에서 살아남기 위해서다. 물론 씨앗이 새롭게 자리 잡은 환경이 싹을 틔우기에 적합할지는 확신할 수 없다. 다만, 아무리 척박한 환경이라도 어떻게든 적응하고자 노력할 것이다. 이 물푸레나무처럼.

작년에는 축령백림에서 노랑망태버섯 군락을 많이 봤는데, 올해는 거의 보이지 않는다. 온도나 습도 등이 발아 조건과 맞지 않았나 보다.

그러던 중 겨우 한 송이를 봤는데, 온전한 버섯의 형태는 아니었다. 우단송장벌레의 집중 공격을 받아 몸이 거의 뜯긴 후였다. 송장벌레류는 썩은 고기나 식물, 동물의 똥 등을 먹으면서 생태계의 청소부 역할을 한다.

어렵게나마 세상에 얼굴을 내밀었건만, 피자마자 우단송장벌레에게 뜯긴 것이 노랑망태버섯 입장에서는 억울할 수도 있겠다. 그러나 한편으로는, 우단송장벌레가 버섯을 먹으면서 포자를 여기저기 퍼트려 주는 역할을 하니 아주 밑지는 장사는 아니겠다.

우단송장벌레처럼 썩은 냄새를 좋아하는 곤충보다는 향기를 좋아하는 곤충이 많아 사람으로서는 다행이다.

때로는 그저
받아들여야 하는 일도 있다 2

왕파리매 사전에
의지박약이란 없다

먹이를 잡아먹고 있는 왕파리매 한 마리를 발견하고
셔터를 누르는 순간, 후다닥 하는 움직임이 보였다.
파인더를 들여다보니 왕파리매 한 마리가 아니라
두 마리가 짝짓기를 하고 있었다.
그 와중에도 한 녀석은 먹잇감을 놓치지 않으려고 끝까지 잡고 있었다.
생존과 번식에 관한 왕파리매의 군건한 의지가 엿보였다.
한편, 왕파리매는 다른 곤충보다 짝짓기 동작이 매우 신속한 것 같다.
그래서 '왕파리매'로 불리는 건가.

가는 길이 끊겨도 괜찮다

거기서부터 다시
시 작 하 면 되 니 까

산행을 하다 보면 흔히 만나는 광경이다. 아마 나무의 어린 시절에 자연적인 혹은 인위 적인 이유로 장애가 생겼을 것이다. 흔히 침엽 수는 끝눈이 부러지면 정상적으로 성장을 하 기 어렵다고 한다. 휘어져서 자랐지만, 이만해 도 대단한 일이다. 참 힘들었을 시간을 견디며 스스로 치유하고 살아가는 전나무가 대견해 보인다.

목표만 있다면
오르지 못할 곳은 없다

칡넝쿨은 전봇대를 감아 오르려고 했
다. 그러나 표면이 미끄러워 감기도 어려
웠을뿐더러, 힘겹게 감아 올라도 어느 정도
높이만 되면 줄기 전체가 미끄러졌다. 고심
끝에 찾아낸 것이 전봇대에 있는 발 디딤
나사의 구멍이다. 칡넝쿨은 아래에 있는 구
멍으로 들어가 다시 위에 있는 구멍으로 나
오기를 반복하며 결국 전봇대 끝까지 올라
갔다. 바늘구멍으로 비치는 빛을 향해.

그대, 꽃이 되어라

　위장술의 대가 애벌레가 이번에는 꽃이 되었다. 참싸리 꽃 부스러기를 따서 표피 주름에 세로로 꽂고, 마른 꽃잎은 타액 같은 것을 발라 듬성듬성 뿌리듯이 붙였다. 최대한 꽃핀 모습과 흡사하게 위장하는 데 걸린 시간은 불과 50분 정도. 변신을 마친 애벌레는 이 가지 저 가지를 자유롭게 옮겨 다닌다.

무쇠 방앗공이

마냥 순하게만 보이고 싶지 않아서

　모든 식물이 자신을 보호하는 생존전략을 가지고 있듯 절굿대 역시 마찬가지다. 꽃이 피기 전에 침이 돋친 잎을 내며, 꽃술이 나오기 전까지는 꽃을 가시처럼 보이게끔 한다. 꽃이 지면 열매를 보호하기 위해 잎과 꽃받침잎에 가시를 더 많이 만든다.

　꽃차례 모양이 곡식 껍질을 벗기는 디딜방아의 무쇠 방앗공이와 흡사하다고 해서 절굿대라는 이름이 붙었다. 누군가는 무기의 일종인 철퇴를 닮았다고도 하는데, 꽃에 빗대기에는 너무 가혹한 비유인 것 같다.

눈에 보이는 게 다가 아니다

누리장나무에서 나는 고약한 냄새의 출처는 잎 뒷면에 있는 여러 개의 샘털이다. 이곳에서 역겨운 냄새가 나는 물질을 분비해 천적으로부터 잎을 보호한다. 움직이지 않는 식물다운 방어 수단이다. 좋은 유전자를 얻기 위한 꽃가루받이 노력도 수준급이다. 제꽃가루받이를 방지하고자 수술이 먼저 성숙한 후 암술이 성숙한다.

한편, 누리장나무는 약재로서의 효능도 매우 뛰어나 뿌리와 줄기, 잎과 열매가 모두 귀한 약재로 쓰인다. 천연 방충제나 탈취제로서의 효과도 톡톡하다. 그래서 사람들은 누리장나무를 보고 세 번 놀란다고 한다. 처음에는 꽃이 무척 아름다워서, 두 번째는 나무에서 나는 냄새가 고약해서, 마지막으로 약재로서의 효능이 뛰어나서다.

열매달^{9月}

하늘연달^{10月}

잠자는 말벌의
코털을 건드리다니

　지난해 이맘때 이 토종벌통에서 담비가 꿀을 훔쳐 먹는 것을 보았다. 담비는 자리를 뜨기 전에 손바닥만 한 벌집 조각을 떨어뜨리고 갔고, 덕분에 나도 토종 꿀맛을 제대로 맛보았다.

　혹시나 올해도 그런 일이 있을까 다시 찾았는데 꽝이었다. 말벌이 꿀벌의 집을 차지했기 때문이다. 말벌은 집요하게 공격했을 것이고, 꿀벌은 희생을 각오하고 여러 마리씩 달라붙어 열 공격을 감행했을 것이다. 그러나 결국 꿀벌이 가족의 전멸을 피하기 위해 집을 버리고 탈출을 한 모양이다.

　말벌을 관찰하려고 벌통으로부터 3미터 떨어진 부근까지 납작 엎드려 접근을 했다. 그 자리에서 입구를 촬영하고 있는데, 말벌 한 마리가 쌩 하고 옆으로 날아와 한 바퀴 돌더니 다시 집으로 돌아갔다. 아무래도 경계병인 것 같아서 촬영을 멈추고 20여 미터 밖의 안전한 곳으로 자리를 옮겼다.

　아니나 다를까, 이어서 말벌 수십 마리가 아까 내가 있던 자리로 몰려왔다. 말 그대로 '벌 떼'처럼. '왜 앵~'거리면서 무력시위라도 하듯 두서너 바퀴 돌고는 위협이 없다는 것을 확인한 뒤에야 돌아갔다. 벌의 생태를 몰랐다면 나는 아마 119 구급차 신세를 면하기 어려웠을 것이다.

　하지만 아무리 폭군 말벌이라고 해도 사람이 자기 집을 공격하지 않으면 절대로 먼저 공격하지 않는다. 촬영 중 공격을 받을 뻔한 것은 내가 입구 가까이까지 접근해서 말벌의 심기를 건드렸기 때문이다.

그래서 모기약이나 기타 화학약품을 전혀 뿌리지 않고 채집한 천연 말벌 집을 판매한다는 인터넷 광고를 보면 왠지 의심스럽다. 말벌의 습성 상 절대 그럴 수가 없을 텐데 말이다.

매미:

보이지 않는 곳에서도
생은 계속된다

    매미는 땅속에서 7년 이상을 굼벵이로 지내다가 땅 위로 나와 거우 1~2주 살고서 죽는다. 그래서 사람은 흔히 매미를 덧없는 인생의 대명사로 여기기도 하지만, 매미 입장에서는 그렇지 않다. 땅속에 있든 땅 위에 있든 그 모든 과정이 매미의 일생이니 말이다.

    땅 위로 올라온 매미는 천적으로부터의 위협을 피하고자 저녁부터 한밤중에 걸쳐서 나무로 올라가 우화한다. 날개가 돋은 지 4~5일이 되면 수컷 매미는 울기 시작한다. 수컷의 울음소리는 암컷을 부르거나, 천적을 위협하거나, 다른 수컷의 접근을 방해하는 등의 역할을 한다.

    도시에서 유독 매미 우는 소리가 크고 시끄럽게 여겨지는 것은 도시의 소음 때문일 것이다. 매미는 생존과 번식을 위해 울어야 하는데, 주변 소음 때문에 소리가 묻히면 큰일이다. 그러니 악을 쓰고 더 크고 요란하게 울 수밖에 없을 것이다.

뛰는 쐐기풀 위에
나는 애벌레 있다

쐐기풀의 방어 시스템은 대단하다. 가시 끝이 캡슐 알약처럼 생겼는데, 가시를 건드리면 캡슐이 깨지면서 포름산이라는 독이 순식간에 가시를 만진 대상의 몸속으로 퍼져 온몸이 벌겋게 부어오른다. 통증도 2~3일 이어지므로, 동물은 물론이거니와 사람도 쉽게 건드리지 못할 정도다.

그런데 이 무시무시한 쐐기풀이 무참하게 공격당했다. 쐐기풀을 녹다운시킨 것은 다름 아닌 애벌레. 아주 교묘하게 독침이 있는 곳만 피해 가면서 잎을 몽땅 갉아먹었다. 아무리 뛰어난 방어 시스템을 가진 쐐기풀이라고 해도 애벌레의 먹성 앞에서는 어쩔 수 없었나 보다.

꽃이 없어도 야생화는 야생화다

야생화 동호회에서 개최한 사진전에 가면 싱싱하게 꽃핀 야생화 사진이 가득하다. 액자 속에 있는 야생화는 더할 나위 없이 아름답지만, 어쩐지 허전하고 아쉽다. 꽃 피지 않은 야생화 사진은 찾아볼 수 없기 때문이다. 꽃이 없어도 야생화는 야생화인데 말이다.

야생화는 대개 꽃이 폈을 때와 지고 난 후의 모습이 아주 딴판이어서 사계절 내내 관찰하지 않으면 같은 식물인시조차 알 수 없는 경우가 많다.

깊은 산속의 습한 곳이나 숲속의 반음지에 사는 참꽃마리도 그러하다. 꽃핀 모습이 아주 맑고 고와서 사람들은 참꽃마리에 '행복의 열쇠'라는 꽃말도 붙였다. 그러나 꽃이 지고 참꽃마리가 덩굴성으로 변하면 사람들의 관심도 멀어진다. 꽃이 없다 뿐이지 참꽃마리인 것에는 변함이 없는 데도 말이다.

관계에는 최소한의
예의라는 것이 있다 1

담쟁이덩굴은 갈매나무목 포도과의 낙엽활엽 덩굴 식물이다. 덩굴손은 일종의 보조 뿌리인 부정근을 이용해 나무나 바위, 돌담이나 벽 등을 타고 오른다.

그런데 나무 입장에서는 이 담쟁이덩굴이 여간 곤란한 존재가 아니다. 담쟁이덩굴이 나무껍질을 뚫고서 나무를 타고 오르는 것도 모자라 번성하면 나무 전체를 덮어 버리기도 하기 때문이다. 심하면 나무가 죽는 경우도 생기지만, 다행스럽게도 담쟁이덩굴로 인해 죽는 나무는 흔치 않다.

어쩌면 담쟁이덩굴도 그 나름으로 나무에 스트레스를 주지 않으려고 노력하는지도 모른다. 가능한 나무를 감지 않고 똑바로 붙어 올라가고, 외부로부터의 침입을 막아 주고, 온도와 습도를 유지해주면서 말이다. 물론 나무 입장에서는 하나마나한 변명처럼 보일 수도 있겠지만.

참 미운 사람들 1

참나무류를 포함해 열매를 맺는 나무는 스트레스를 받으면 꽃을 많이 피우고, 열매도 잔뜩 맺는다. 또 가끔 해거리도 하는데, 번식의 위기감을 극복하기 위한 수단일 것이다. 사람들은 참나무류의 이러한 특성을 이용해서 나무에 상처와 충격을 주어 도토리를 떨어뜨리고 다음 해에 도토리가 더 많이 달리도록 한다.

떡갈나무는 나무껍질이 두껍고, 졸참나무는 다소 높고 험한 곳에 자리를 잡아서 상대적으로 화를 덜 입지만, 상수리나무는 사람의 공격을 받기 일쑤다. 낮은 곳에 서식하고, 도토리 맛도 좋기 때문이다.

사람들은 도토리를 많이 챙기는 것에만 급급해, 나무가 상처를 회복하는 데 얼마나 애를 써야 하는지에 대해서는 생각도 하지 않는다. 참나무류 입장에서는 그런 사람들이 얄미워서 도토리를 만들고 싶지 않을 것도 같다.

9.10월 열매달, 하늘연달

참 미운 사람들 2

겨우살이 과육에는 끈적거리는 점액질이 있는데, 이것이 겨우살이의 번식에 큰 역할을 한다. 새가 열매를 먹으려다 부리에 달라붙은 점액질을 떼어 내려고 나뭇가지에 부리를 비비거나, 미끌미끌한 씨앗이 새의 뱃속에서 소화되지 않고 분비물과 함께 나오면서 씨앗이 새로운 곳에 자리를 잡기 때문이다.

새가 딱딱한 열매껍질을 깨려고 나무껍질 틈새에 열매를 꽂아 넣고는, 씨앗을 깨지 못한 채 그대로 두면 거기서 싹이 나기도 한다. 또 씨앗을 싸고 있는 점액질의 점성이 높아 길게는 수 미터나 되는 실처럼 늘어져서, 씨앗은 점액질 실을 붙잡고 나뭇가지에 매달려 있다가 바람에 날려 주변 나무의 줄기나 가지에 닿기도 한다.

이처럼 주로 새나 바람의 도움으로 번식해서인지 겨우살이는 다른 나무의 높은 곳에서만 기생해서 산다. 어쩌면 사람들이 많이 남획하는 것이 안타까워서, 새와 바람이 겨우살이 씨앗을 사람 손이 잘 닿지 못하는 높은 곳에 데려다 놓는 건지도 모르겠다.

개 미 의   언 어 를   맡 다

독일 흑림에서 만난 대형 개미집이다. 높이가 3미터나 된다.

개미들은 환경에 따라 땅속이나 땅 위, 나무속이나 나무 위 등에 다양하고도 정교한 집을 짓는다. 땅속의 집은 비가 오면 입구를 막기도 하고, 땅위의 집 중에는 높이가 무려 9미터나 되는 것도 있다. 나무 위에 집을 지을 때는 땅속으로 통하는 연결 통로를 만들기도 한다.

지나가는 개미를 잡으면 뒤에 따라오던 개미는 절대 같은 길로 오지 않고 다른 길로 돌아간다. 개미들은 페로몬이라는 물질을 발산시켜 의사소통을 하는데, 이것으로 위험을 알리거나 이동통로 등을 나타내기도 한다. 그래서일까, 개미집 주변에서는 시큼한 냄새가 난다. 페로몬 냄새일까.

콘크리트에서 꾸는 보랏빛 꿈

콘크리트가 갈라진 틈이나 돌담 사이에 핀 제비꽃을 흔히 볼 수 있다. 척박한 곳에 뿌리를 내린 만큼 씨앗은 더더욱 멀리 퍼뜨리고 싶을 것이다. 이런 상황에서 특히 도움이 되는 꽃가루받이 매개체는 개미다.

제비꽃은 개미를 유혹하기 위해 씨앗에 개미가 좋아하는 지방과 단백질 등이 풍부한 젤리 상태의 엘라이오솜을 붙여 놓는다. 이 물질의 냄새가 개미를 끌어들이고, 제비꽃의 번식을 돕는다.

물론 개미의 신세만 지는 것은 아니다. 주둥이가 긴 벌이 와서 꽃가루받이를 도울 수 있도록 꽃자루를 가운데 놓고, 꿀주머니를 길게 했다. 만약 이도 저도 되지 않으면, 제꽃가루받이를 하기도 한다.

우리는 누구를 짓시늉하면
강해 보일 수 있을까

　　등에는 침이라는 특수한 무기를 가진 벌의 생김새를 흉내 내서 스스로를 보호한다. 유심히 보지 않으면 정말 등에와 벌은 구분이 잘 가지 않으니, 등에의 전략은 일단 성공적이다. 하지만 등에는 벌과 달리 날개가 한 쌍이고, 머리 형태도 벌보다는 파리에 가깝다.

　　애벌레는 진딧물을 먹으면서 자란다. 어른벌레는 식물의 꽃가루받이를 도와주는 매개체이기도 하지만, 동물의 피를 빨면서 전염병을 퍼뜨리기도 한다.

뿌리:
온갖 세파를 견디게 하는 힘

　태풍 무이파로 흙이 통째로 파인 자리에 3일 만에 새싹이 텄다. 쇠뜨기다. 쇠뜨기는 제2차 세계대전 때, 히로시마에 투하된 원자폭탄으로 인해 완전히 폐허가 된 땅에서도 가장 먼저 싹은 틔운 식물로 유명하다. 이어서 쑥과 어성초도 함께 발아했다고 한다. 이들의 강한 생명력은 모두 뿌리에서 기인한다. 쇠뜨기는 뿌리가 깊고, 쑥은 뿌리가 많고, 어성초의 뿌리는 해독 작용을 하기 때문이다.

　뿌리 깊은 나무는 가뭄을 타지 않는다고도 한다. 뿌리의 중요성은 비단 식물에만 해당되는 이야기는 아닐 것이다. 시멘트나 콘크리트를 밟고 살아가는 우리에게도 역시 뿌리는 중요하다. 뿌리를 내릴 수 있는 흙이 있는 곳, 우리가 숲을 찾아야 하는 이유다.

9, 10월 열매달, 하늘연달

이래서
'방심은 금물'이라고
하나 보다

끈끈이여뀌는 꽃이 필 때 줄기에 노란색의 끈끈한 점액을 분비한다. 꽃가루받이에 도움이 되지 않는 기어 다니는 작은 곤충을 퇴치하기 위해서다. 꽃이 지고 나면 이 점액은 사라진다.

꽃을 보호하기 위해 이렇게 적극적인 수단을 쓰는 끈끈이여뀌에 겁도 없이 우리가시허리노린재 약충이 다가왔다. 녀석은 마치 사람이 개울물을 건널 때 바지를 걷어 올리고 조심스럽게 걷는 것처럼, 다리를 길게 세우고 배는 한껏 들어 올린 후 긴 더듬이로 끈끈이구역을 쉴 새 없이 더듬으며 꽃을 향해 걸었고, 꽃밥과 꿀을 얻는 데 성공했다.

하지만 여기서 끝이 아니다. 진짜 고비는 지금부터다. 곤충이 끈끈이여뀌의 점액에 달라붙어 죽는 경우는 꽃으로 갈 때보다 꿀을 먹고 나올 때가 많기 때문이다. 즉 포만감과 이미 끈끈이 구역을 통과해봤다는 자만심에 경계를 늦추다가 배와 다리가 점액에 달라붙어 버리는 것이다.

9.10월 열매달, 하늘연달

절망이 아니라
여전히 남은
희망하나

　바위떡풀은 주로 높은 산의 북사면에 있는 절벽의 축축한 바위틈에 붙어산다. 정확한 이름의 유래는 알 수 없다. 내 나름으로 바위에 붙어사는 데다 생긴 모양이 배고픈 시절 먹던 보리 개떡과 비슷해서가 아닐까 유추해볼 뿐이다. 꽃 모양이 큰 대大자를 닮았다고 해서 대문초라고도 불린다.

　바위에 뿌리를 내리고 살아가는 식물은 천적으로부터의 위협에서는 어느 정도 자유로울 수 있겠지만, 뿌리가 바위에서 뽑힐 가능성이 높으므로 결코 안전하다고 할 수 없다.

　사진 속 바위떡풀도 뿌리가 거의 뽑힌 상태다. 다행히 뿌리 한 가닥은 바위에 붙어 있어, 마치 암벽을 등반하는 사람처럼 실오라기 같은 뿌리 하나를 생명줄 삼아 버티고 있다. 부디 오래 오래 견디기를 바란다.

9, 10월 열매달, 하늘연달

네가 바라보는 세상

강원도 양구군의 해안분지 펀치볼에
아침이 밝아온다.
전방의 철책을 지키는 군견도
운무가 어우러진 눈부신 풍경에 흠뻑 빠진 듯하다.
개가 바라보는 세상은 흑백이라는데,
이 풍광만큼은 천연색으로 보이면 좋으련만.

잎 의 눈 물 은 이 슬 을 닮 았 다

이른 아침, 잎 가장자리에 이슬처럼 매달린 물방울이 보이곤 한다. 포화 상태에 이른 물이 수공으로 밀려 나오는 일액현상이다. 수공은 잎의 기공이 변형된 배수조직이다. 수공에서 나온 물방울을 언뜻 이슬로 착각할 수 있지만, 이슬은 잎 전체가 젖어 있으므로 그 차이는 금방 알 수 있다.

식물은 불필요한 물을 빨리 배출하고자 잎 가장자리나 끝에 있는 구멍인 수공을 통해 물을 밀어낸다. 수공을 통해 물이 배출되기까지의 과정은 다음과 같다. 뿌리털→ 세포벽 또는 세포질 → 내피→ 중심주→ 뿌리의 물관과 헛물관→ 줄기의 물관부→ 잎자루→ 잎맥→ 수공을 통해 밖으로 배출한다.

상황에 맞게 개폐를 조절할 수 있는 기공의 공변세포와는 달리 수공의 공변세포는 항상 열린 상태다. 삼투압에 의해 뿌리로부터 물이 계속 흡수되기 때문이다.

식물은 수공을 통해 물을 배출하는 것 외에도 증산작용을 통해 체내의 수분을 밖으로 내보낸다. 식물은 뿌리에서 빨아들인 물과 잎에서 받아들인 이산화탄소, 그리고 햇빛을 이용해 영양분을 만든다. 이때 남은 물은 수증기가 되어 잎의 기공을 통해 배출되며 이 현상을 증산작용이라고 한다. 만일 뿌리에서 빨아들이는 물의 양이 증산작용으로 배출되는 물의 양보다 많을 때는 밤에도 증산작용이 일어나기도 한다.

자신감만큼은 사마귀처럼

곤충을 좋아하는 사람 중에서도 사마귀는 무서워하는 사람이 많다. 그도 그럴 것이 날카로운 앞다리를 치켜세우고 공격 자세를 취하는 사마귀의 모습은 정말로 위협적이다. 옛날에는 수레, 요즘은 자동차도 막아서는 녀석이니 배포도 두둑한 것 같다.

사진 속의 사마귀는 앞다리 하나가 잘렸지만, 전혀 아랑곳하지 않는 눈치다. 중간다리를 이용해 몸의 균형을 잡으면서도 적을 노려보는 눈매가 여전히 사납다.

이런 사마귀를 쥐락펴락하는 것이 있으니, 바로 연가시다. 사마귀 몸속에서 기생하며 사마귀가 섭취한 영양분을 대부분 빨아먹는다. 육식성인 사마귀가 항상 배고픈 이유도 이 때문이다. 번식기가 되면 연가시는 사마귀를 목마르게 해서 물가로 유도해 빠져나간다.

소리 없는 절규

도심 속 그늘이 되어 주고, 소음을 막아 주던 양버즘나무가 베어졌다. 이유도 모른 채 베어지고 남은 그루터기에 맹아지가 자랐다.

맹아지萌牙枝란, 잠아에서 나온 가지를 말한다. 건강하고 정상적인 나무의 잠아는 그냥 죽지만, 이 양버즘나무의 경우처럼 주변 환경에 변화가 있거나 스트레스를 받으면 잠아의 활동이 왕성해져 잎이나 줄기로 나타난다. 즉 맹아지가 자란다는 것은 나무가 위기를 느낀다는 것이다. 과수나무의 경우, 일부러 맹아지를 잘라 주기도 한다.

그래서 가로수든 관상수든, 나무를 심을 때나 벨 때는 정말로 심사숙고해야 한다.

아직
큰땅빈대에게
가을은 오지 않았다

가을도 깊어 가는데, 여전히 큰땅빈대는 꽃을 피우려 애쓰고 있다. 한해살이풀인 큰땅빈대 입장에서는 씨앗 하나라도 더 남기고 싶은 심정일 것이다.

큰땅빈대를 비롯해서 땅빈대, 애기땅빈대 등 땅빈대류가 사는 곳은 사람이 자주 오가는 장소다. 사람 발에 밟힐 확률이 높아 다른 풀들은 거의 살지 않지만, 햇볕을 독점할 수 있다는 장점이 있어서인지 땅빈대류는 악착같이 이러한 곳에서 살아간다.

땅빈대류의 꽃가루받이는 거의 개미가 도맡아 하므로 화려하게 치장할 필요도, 꿀을 많이 만들 필요도, 줄기가 높을 필요도 없다. 다른 식물에 비해 꽃의 구조도 암술 1개, 수술 1개로 매우 단순하다.

의도치 않게
때죽나무는
물고기의 원수가 되었다

성숙한 때죽나무 열매는 핵과로서, 그 안에 땅콩을 쏙 빼닮은 갈색 종자가 하나 들어 있다. 옛날에는 이 종자의 기름을 짜 등잔불을 밝히고 머리에 바르기도 했다. 또 어린 열매껍질을 찧어 물에 불린 다음, 그 물로 빨래를 하기도 했다.

옛날에는 덜 익은 열매는 찧어서 고기를 잡는 데 쓰기도 했다. 열매 안에는 마취 성분이 있는 에고사포닌이 들어 있기 때문이다. 열매가 자기방어 수단으로 만든 것이리라. 때죽나무 열매 즙을 먹은 물고기는 아가미의 점액이 굳어 제대로 호흡하지 못하게 되고, 숨을 쉬려고 수면 위로 입을 내밀어 뻐끔거리다가 기절하거나 죽는다. 물고기가 물에서 익사하는 셈이다.

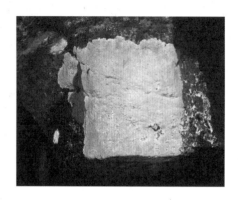

이곳에도
생명이 있다

　매우 드문 크기의 고착지의固着地衣를 보았다. 바위, 나무껍질 등에 버짐처럼 자라는 지의류다. 지의류는 균류와 조류가 상리공생하며 생긴 식물군이다. 물이 있으면 광합성 작용을 하고, 없으면 10년 혹은 100년까지도 휴면한다고 알려진다.

　물을 약간 뿌리면 표면이 선명한 연두색으로 바뀐다. 죽으면 색의 변화가 나타나지 않는다. 다른 식물과 달리 토양에서 양분을 섭취하지 않고, 눈이나 비, 공기 등에 함유된 영양분과 무기물질 등을 흡수하며 살아간다.

　극지방에 사는 지의류는 추위 때문에 바위 위가 아니라 바위 틈에서 자란다고 한다.

이 너덜너덜한 삶에도
봄은 올까

광교산 자락, 문화재 발굴을 위해 파헤쳐진 공터에서 껍질이 군데군데 벗겨진 광대싸리를 보았다. 상처가 났음에도 불구하고 뿌리에서는 새순이 돋았지만, 과연 무사히 겨울눈을 만들 수 있을까 걱정이다. 곧 추위가 닥칠 텐데.

혼자라는 것 1

잣나무숲에서 유독 눈에 띄는 나무가 한 그루 있다. 산뽕나무다. 이 나무의 나이는 흔치 않게 주변 잣나무와 엇비슷한 30~40년생으로 보인다. 보통 깊은 산에서 자라는 야생 산뽕나무는 참나무나 잣나무와 같은 대형 수종에 가려 햇볕을 잘 받지 못해, 노거수가 되는 경우는 드물다.

잣나무숲의 산뽕나무처럼 경쟁에서 한없이 밀리는 나무의 경우, 행여나 그 종이 아예 사라질까 우려스럽다. 그러나 생존 경쟁이 자연스러운 숲에서 생태계를 해치지 않고 산뽕나무와 잣나무가 공생할 수 있는 환경이 조성되기란 아마 어려울 것이다.

우리에게

칡의 운명을 결정할
권리는 없다

    칡은 오래전부터 우리 생활과 밀접한 관련이 있었다. 칡넝쿨과 잎은 가축 사료로, 줄기는 묶음용 끈으로, 벗긴 껍질은 섬유 자원으로, 칡꽃은 민간약으로 쓰였다. 또 뿌리에는 전분이 많이 함유되어 있어 구황식품으로 이용되었고, 지금은 건강식품으로도 인기를 누린다.

    한때는 사방공사용으로도 칡을 많이 심었는데, 요즘은 토양이 많이 안정되었는지 일부러 심는 모습을 볼 수 없다. 도리어 주변의 큰 나무로 기어올라 나무를 말라 죽게 한다고 해서 칡을 제거하는 기계까지 개발되었다고 하니, 칡의 운명이 지나치게 인간 중심적으로 바뀌는 것 같아 쓸쓸하다.

미 틈 달 ^{11月}

매 듭 달 ^{12月}

11, 12월 미틈달, 매듭달

이 땅에서 정다운 것들이 사라져간다 2

첫눈이 내린 축령백림에서 담비를 만났다. 지난해에는 담비가 먹다가 흘린 토종 벌꿀만 맛보았는데, 올해는 운이 좋게도 멀리서나마 꿀을 먹고서 이동하는 담비를 본 것이다.

담비는 울창한 침엽수림에서 2~3마리씩 또는 가족 단위로 모여 살아가고, 주로 밤에만 활동하는 야행성이다. 하지만 먹이 상황에 따라 활동 시간은 달라지기도 한다. 오소리, 들쥐, 새알, 열매 등을 먹는 잡식성이며, 특히 꿀을 아주 좋아해서 중국에서는 꿀개라고도 부른다.

여러 마리가 천천히 이동할 때는 앞서간 담비의 발자국만 밟고 간다. 혹여 길라잡이 담비가 바위 같은 것을 밟아 발을 헛디디면, 뒤따라가는 담비들은 헛디딘 발자국조차 그대로 따라 밟는다. 자신들의 흔적을 없애려는 노력의 일환으로 보인다.

땅 위에서 잘 달릴 뿐 아니라 나무도 매우 잘 타서 천적을 만나도 능수능란하게 피한다. 무리 지어 다니며 오소리를 사냥하기도 하고, 최근에는 지리산에서 멧돼지까지 사냥했다는 이야기도 들렸다. 여러 마리가 모여 호랑이도 잡았다는 전설이 괜히 전해지는 게 아닌가 보다.

우리나라 야생동물 대부분이 그러하듯, 담비 역시 무분별한 개발로 인해 서식 환경이 파괴되면서 이제는 무척 보기 어려운 동물이 되었다. 멸종위기야생동식물 II급이다.

아무리 맛있어도
다래는
다람쥐에게 양보하기

설악산을 손금 보듯 훤히 알고 있는 설희 작가님의 안내로 마등령 식생을 탐사할 때의 일이다. 갑작스럽게 결정된 출사로 기본적인 장비만 부랴부랴 챙기고, 따로 간식거리는 준비하지 못한 채 산행을 시작했다.

얼마쯤 지나서였을까, 잘 익은 다래를 먹는 다람쥐를 만났다. 눈 덮인 숲속에서 얼마나 맛있게도 다래를 먹는지 우리 일행은 가던 길까지 멈추고 다람쥐가 다래를 먹는 모습을 넋 놓고 바라보았다. 그 사이 뱃속에서는 '꼬르륵'거리는 소리가 나기 시작했다.

간식을 준비하지 못해 얼마나 배가 고프던지 창피한 것도 모르고 우리는 가랑잎을 뒤지고, 돌 틈을 더듬어 다람쥐가 먹던 다래를 찾아 먹었다. 다래가 그렇게 맛이 있을 줄이야 꿈에도 몰랐다! 물론 다래가 달콤하다는 것은 어릴 적에 많이 먹어 봐서 잘 알고는 있었지만, 그때의 다래 맛은 익히 알던 달콤함을 넘어선, 잊을 수가 없는 맛이었다.

덕분에 잠시 시장함을 해결하긴 했지만, 어쩐지 다람쥐의 겨울 양식을 빼앗은 것 같아 미안해졌다.

야생동물로
살아간다는 것

먹이사슬 최상위 개체 중, 오늘날 야생에서 볼 수 있는 것으로는 멧돼지가 유일하다. 멧돼지는 수십 마리씩 무리를 이루며, 낮에는 숲에서 쉬고 저녁이 되면 사냥에 나선다. 다만, 사냥 시 위험이 적다고 판단될 때는 낮에 움직이기도 한다. 행동권은 지형에 따라 다르지만 통상 30킬로미터 이상을 걸어 다니며, 수백 미터 강을 헤엄쳐 건너기도 한다. 시력은 나쁘지만 청각과 후각은 매우 발달했다.

위협을 느껴도 바로 피하기보다는 일단 멈추고 상대의 크기부터 파악한다. 예를 들어 소형 지프차와 마주치면 즉시 길을 비켜 주지 않는다. 누가 몸집이 더 큰가를 판단하는지 차량의 아래위를 훑어 본 후에야 길을 비켜 준다. 반면, 자기 몸집보다 훨씬 큰 트럭은 금방 피하는 것으로 봐서는 지적 수준이 286컴퓨터 이상은 되는 듯하다.

전방에 있는 멧돼지들은 암기력도 뛰어난 것 같다. 병사들의 3일간 부식 메뉴를 다 기억한다. 첫날은 쇠고기 국밥, 이튿날은 카레라이스, 사흘째는 개선식 빵이 나오는데, 유독 셋째 날에만 멧돼지들이 나타나지

않기 때문이다. 개선식이 나오는 날에는 잔반이 없다
는 것을 알고서 민가로 고구마를 캐 먹으로 갔는지도
모른다. 부식 차량이 일주일에 한 번씩 온다면 멧돼
지들은 일주일치 메뉴도 다 암기하지 않을까.

한편, 병사들의 잔반을 얻어먹는 처지이긴 하지
만, 안전거리만큼은 확보하는 것이 녀석들의 철칙이
다. 용의주도하기까지 하다.

가을과 겨울 사이에서
서성대다

가을은 저만치 저물었건만
여전히 용광로 불꽃처럼 새빨간 단풍
졸참나무는 아직 가을을 보내고 싶지 않은 모양이다.

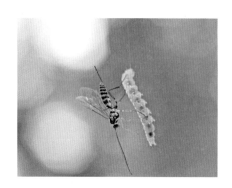

맵시벌은 곤충의 애벌레나 번데기, 혹은 거미류에 기생하는 벌이다.

비행 능력이 뛰어나 애벌레가 몸에서 실 같은 것을 빼내어 공중에 매달려 있어도 어렵지 않게 안착한다. 숙주를 발견하면 긴 산란관으로 알을 낳고, 맵시벌의 알은 그 안에서 번데기 과정을 거친 후 날개돋이를 한다. 숙주는 빈껍데기 신세로 전락한다. 맵시벌의 사는 방식이 너무 잔인하게 여겨질 수도 있겠지만, 맵시벌 역시 다른 생물과 마찬가지로 제 삶을 살아가는 것뿐이다. 그것을 무어라 탓할 수는 없겠다.

한편, 사람은 이러한 맵시벌의 생태를 이용해서 해충을 방제하기도 한다.

삶 의 다 양 성 을 인 정 해 야 하 는 이 유

흔하다고 해서
귀하지 않은 것은 아니다

　중국에서는 한때 참새를 4해四害 중 하나로 보고 대규모로 소탕한 적이 있다. 그러나 그 다음해, 해충에 의한 농작물 피해가 너무 심해 엄청난 흉년이 들었고, 중국은 곧 4해에서 참새를 제외시켰다고 한다.

　참새 한 쌍이 연간 잡아먹는 벌레는 8만 여 마리에 이른다. 참새가 그저 참새가 아니라 먹이사슬을 이루는 생태계의 연결고리라는 것을 중국 당국은 간관했었나 보다. 비단 참새뿐 아니라 생태계 모든 구성원이 먹이사슬에 영향을 미치는 중요한 연결고리 역할을 한다.

11, 12개 미틈달, 매듭달

그들이 사는 방식

창덕궁의 담장 부근에는 느티나무와 층층나무가 함께 산다.

사진 오른쪽에 보이는 것은 장수목 느티나무다. 느티나무는 어려서부터 성장이 빨라 부피 성장이 왕성하다. 수형이 단정하며, 수관 폭이 넓고 수명이 길어 노거수가 많다. 그래서일까, 함께 있는 층층나무를 배려해주고 있는 것 같다.

층층나무는 원래 층이 진 우산과 같은 수형으로, 수관이 넓게 자라면서 꼭 자연적으로 만들어진 목탑처럼 생겼다. 그런데 사진 속의 층층나무왼쪽는 자기 수형을 고집하지 않고 자란 것 같다. 느티나무 쪽에 가까운 줄기는 수직으로 뻗었고, 다른 가지는 왼쪽으로 더 치우쳤다. 사진 가운데에 보이는 층층나무는 아예 밑으로 낮게 자라는 방법을 택한 모양이다.

느티나무 옆에서 살아남으려고 체면 불구하고 제 고집을 꺾은 것일 수도 있지만, 한편으로는 공존을 위해 선택한 방법 같아 보이기도 한다. 느티나무가 그런 것처럼.

마음만큼은
얼 어 붙 어 갈 라 지 지 않 기 를

　식물이 자라는 데 주변 기온이 제한 요소로 작용하는 경우가 많다. 살아 있는 세포가 제 기능을 발휘할 수 있는 온도 범위가 제한되어 있기 때문이다. 한겨울에 나무가 언피해凍皮害를 입는 것도 그 한 예다.

　겨울철에는 양달에 접한 나무줄기가 햇빛을 많이 받으면서 표면 온도가 응달쪽의 나무줄기보다 20도 이상 올라가, 일시적으로 조직의 해빙 현상이 나타난다. 그러다 일몰 후에는 다시 온도가 급격하게 떨어지면서 양달쪽 형성층의 조직이 언피해를 입는다.

　언피해는 온도가 어는점 이하로 떨어지면서 발생하는 것으로, 세포 내에 얼음 결정이 형성되어 세포막을 손상시킨다. 비교적 나무껍질이 얇고, 수액이 많은 음수류陰樹類와 숲에서 자란 나무에 비해 외부 기온에 대한 자생력이 떨어지는 공원이나 조림지에서 자라는 나무가 특히 피해를 많이 입는다.

언피해를 입은 나무는 줄기가 얼어붙는 과정에서 단열되어 있는 안쪽보다 바깥쪽이 더 수축하기 때문에 사진처럼 수직으로 균열이 일어난다. 나무는 스스로 치유하려 애쓰지만, 치유 능력이 닿지 않는 부위에는 분해자나 다른 생물이 자리를 잡는다. 그걸 아는 딱다구리는 나무껍질을 쪼아서 구멍을 내고, 혀를 집어넣은 다음 끈적거리는 물질을 분비해 구멍에서 먹잇감을 끌어낸다.

저축왕에게도
겨울은 힘겹다

청설모는 땅에 떨어진 열매를 주워서 바로바로 먹는 다람쥐와는 달리, 가을에 도토리나 잣 등을 모아 땅속에 저장하거나 바위, 나무 틈새에 숨겨 두고서 겨울에 먹는다. 바지런하고 계획적인 것까지는 좋은데, 안타깝게도 건망증이 심해서 숨겨둔 먹이를 찾아 먹을 확률은 10퍼센트 남짓이다. 청설모 덕분에 땅속에 묻힌 도토리나 잣은 싹을 틔우는 절호의 기회를 잡을 수 있다.

한편, 올해는 청설모의 살림살이가 영 좋지 못한가 보다. 겨울양식으로 저장했던 잣을 벌써 찾아 먹은 흔적이 자주 눈에 띈다. 그렇지 않아도 작년에 비해 청설모의 활동이 현저히 줄었다고 생각했는데, 먹이 부족이 심각한 모양이다. 겨울은 이제부터 시작인데, 먹이가 이렇게 부족해서야 큰일이다.

혼자라는 것 2

경남 봉화산 정토원 입구에 있는 왕대숲에는 느티나무 한 그루가 함께 자란다.

느티나무는 햇빛을 좋아하는 극양수로, 가지를 사방으로 둥글게 뻗는다. 줄기가 굵고 수명이 길어서 오래 전부터 마을의 쉼터 역할을 하는 정자나무로 사랑받았고, 마을을 지켜주는 당산나무로 모셔지기도 한다.

이런 느티나무가 땅속줄기로 번식하고, 죽순은 속성으로 자라는 왕대 사이에서 햇빛 경쟁을 하고, 가지도 마음껏 뻗지 못하며 살아가는 것이 어울리지 않아 보이기도 한다. 그래도 정작 느티나무는 환경에 적응하며 꿋꿋하게 잘 살아가는 것 같다.

손잡아 주는
그대가 있어
다행이다

　가까이 자라는 두 나무가 서로 합쳐지는 현상을 연리連理라고 한다. 단순히 붙어만 있다고 해서 연리가 아니며, 영양 공급이 서로 이루어져야 한다. 뿌리가 붙으면 연리근根, 줄기가 붙으면 연리목木, 가지가 붙으면 연리지枝라고 부른다.

　구실잣밤나무의 연리근은 위태위태한 환경에서도 꽤나 안간힘을 쓰며 서로를 붙들고 있는 것 같다. 가난했지만 서로를 다독이며 오순도순 살아가던 우리의 옛 모습이 떠오른다.

원하는 만큼 뻗어 가렴
내 뒤에서 응원하고 있을게

덩굴식물은 굴촉성에 의해 무언가에 닿으면 그 대상이 있는 방향으로 굽으면서 빠르게 성장한다.

다래나무는 어린순일 때 2~3미터까지는 그냥 자란다. 이후 이리저리 흔들리면서 자신이 감고 올라갈 대상을 찾다가 발견하면, 호르몬 같은 물질이 분비되어 2분 안에 대상이 있는 방향으로 성장한다. 감고 올라가는 대상의 굵기에 따라 차이는 나겠지만, 굵기가 어른 엄지손가락만 한 가지의 경우, 보통 2시간이면 한 바퀴를 감는다. 대상을 찾지 못하면 그 가지는 고사하고, 다른 가지가 다시 대상을 찾는다.

전방에서 근무할 때 등나무를 관찰한 적도 있다. 지지대가 있는 등나무는 열흘 동안 약 128센티미터 자란 반면, 지지대가 없는 것은 44센티미터밖에 자라지 않았다.

지지할 곳이 있으면 성장도 빠르다는 것, 덩굴식물뿐 아니라 사람에게도 해당되는 것일 테다.

이심전심

　뿌리가 잘린 자라풀과 꺾인 갯버들 가지
가 물 위를 부유하다 우연히 만났다.

　갯버들은 물을 좋아하기는 하지만, 땅에 뿌
리를 내려야 하는 식물이므로 더 이상 생존하
기는 어려워 보인다. 자라풀 역시 수중식물이
기는 하지만, 뿌리가 잘린 상태라 정상적인 생
장은 힘들 것 같다.

　처량한 신세로 만난 자라풀과 갯버들은 서
로 무슨 이야기를 나누는 걸까?

겨울:
구절초가 코트를 챙겨 입는 시기

　봄에 꽃이나 잎 또는 햇가지가 되는 조직인 '눈'을 보
호해야 하는 식물은 아주 딱딱한 껍질이나 보송보송한 털,
끈적끈적한 지질 성분 등으로 몸을 감싼다. 초본류 중 여러
해살이는 땅바닥에 로제트형으로 납작 붙어 온도를 유지
하며 겨울을 난다. 따로 털옷을 준비하지 않는 것을 보면
산삼이라도 챙겨 먹은 건 아닐까.

　구절초도 최고급 밍크코트를 준비했다. 제법 값나가는
털옷으로 가장 중요한 생장점을 추위로부터 보호해서 내
년에는 더 크고, 향기와 색감도 좋은 꽃을 만들어 꽃가루받
이 매개체를 맞이할 것이다.

11, 12월 미틈달, 매듭달

삶이란
이다지도 치열하다

어느 잎말이나방의 애벌레들이 쪽동백나무 잎사귀를 또르르 말아 겨울 집을 만들었다. 날씨가 점점 추워지면 떨켜가 생겨 잎이 진다는 것을 아는지, 나뭇잎이 떨어지지 않도록 끈적끈적한 고무질을 이용해 가지와 겨울눈, 잎자루까지 단단하게 동여맸다.

그러나 애벌레의 철저한 월동 준비에도 불구하고, 겨울눈이 동여맨 부위를 뚫고 나오는 경우도 있다. 바닥에 떨어진 애벌레 집이 몇몇 개 보인다.

나 무 도
나 이 가 들 면
둥 글 둥 글 해 지 나 보 다

    고광나무의 별명은 축구공 나무다. 줄기의 옆쪽에 생기는 측아^{곁눈}의 성장이 우세해지면서^{측아우세현상} 가지가 축구공의 육각형과 같은 무늬를 이룬다고 해서 생긴 별명이다.

    대다수 침엽수의 경우, 생장 호르몬인 옥신의 신호를 제일 먼저 받는 것은 정아^{끝눈}다. 그래서 상대적으로 측아의 생장은 억제되고, 정아 가지는 수직 성장을 한다. 이것을 정아우세현상이라고 하고, 침엽수의 수관이 대개 원뿔꼴인 연유이기도 하다.

    침엽수에서는 단연 정아우세현상이 강세를 보이지만, 고광나무 같은 활엽수에서는 측아우세현상이 두드러지기도 한다. 또한, 어릴 때 정아가 우세했던 나무도 나이가 들면 수관이 둥글게 변하기도 한다.

땅 속 의 파 수 꾼

지렁이는 눈, 귀, 코와 같은 감각기관이 없는 대신 피부에 빛을 느끼는 세포가 있어 이것으로 밝기를 구분하고, 어두운 곳을 찾아 움직인다. 암수한몸이지만 자가수정은 하지 않고, 비올 때 서로 다른 개체끼리 몸을 맞부딪치며 짝짓기를 한다.

최대 7미터까지 땅속으로 파고들 수 있으며, 들어간 곳이 아닌 다른 곳으로 나와 땅 이곳저곳에 구멍을 내면서 땅속에 물과 공기가 스며들게 하는 일등 공신이다. 덕분에 많은 생물이 땅속에서 살 수 있다.

지렁이는 죽은 땅도 살려낸다. 썩은 물질도 잘 먹는 독특한 식성 덕분이다. 뿐만 아니라 지렁이의 배설물도 토양의 질을 높이는 데 한몫한다. 작고 둥근 모양의 지렁이 배설물분변토은 틈이 많아서 토양의 배수를 돕고 공기가 잘 통하게 한다. 이런 땅에서는 식물의 뿌리가 더욱 잘 자란다. 외국에서는 지렁이 개체수를 기준으로 토양의 비옥도를 따지고, 땅값을 결정한다고도 한다.

내가 지나온 자리에는 어떤 흔적이 남을까

　　나무는 겨울을 나기 위해 줄기와 잎자루의 경계에 보호층과 분리층을 만든다. 이 과정에서 잎이 떨어지고 나무에는 그 흔적인 엽흔이 남는다. 나무 종류에 따라서 엽흔의 모양, 그 안에 나타나는 관속흔_{관다발 흔적}의 수와 모양이 다르므로, 엽흔은 겨울에 나무를 구별하는 데 중요한 식별점이 된다.

　　칡넝쿨의 잎이 떨어져 생긴 사진 속 엽흔은 꼭 사람 얼굴 같다. 엽흔이 얼굴이라면, 물과 영양분의 이동통로였던 관속흔은 눈과 코, 턱잎은 귀처럼 보인다. 입술처럼 보이는 것은 잎이 분리되면서 나오는 슈베린 성분을 보호층이 덜 발산해서 생긴 것 같다. 머리 위에 뿔처럼 난 것은 이듬해 봄에 뻗어나갈 가지 중 하나일 것이다.

　　엽흔과 주변 것들의 생김새와 표정이 하도 독특하고 신기해서 시간 가는 줄도 모르고 한참을 관찰했다.

홀보드르르한
방패

잘 보이지는 않지만,

대부분의 식물에는 털이 있다.

잎, 줄기, 가지, 열매 등에 난다.

식물의 종류에 따라 모양과 기능이 다양하다.

보통 추위를 막거나 수분이 빠져나가지 않도록

도와주는 역할을 한다.

때에 따라서는 천적으로부터

식물을 보호하기도 하는 방패 구실도 한다.

예를 들어 잎에 털이 있으면

곤충은 잎을 제대로 씹지 못한다.

물론 털이 있어도

사람이라는 천적은 어쩔 수 없겠지만.

살다 보면
옴짝달싹 못할 때도 있다

호두와 비슷하지만 약간 더 작고 길쭉하게 생긴 가래추자가 나무줄기의 홈 사이로 떨어졌다. 가래나무를 한자로는 추자목楸子木, 그 열매는 추자라고 한다. 강원도에서는 열매를 가래추자 또는 산추자라고도 부른다. 가래나무는 계곡 주변처럼 습한 곳에서 자라며, 흐르는 물을 이용해서 열매를 이동시킨다.

어린 시절, 가을철 계곡에 가면 가래추자가 늘 몇 십 개씩 떨어져 있어 줍고 했던 기억이 난다. 화롯불에 가래추자를 구워 먹기도 했는데, 그 맛과 향기는 지금도 잊히지 않는다. 불에다 2~3분 올려놓으면 딱딱한 껍질이 특유의 소리를 내며 금이 가고, 김이 새어나오면 그 틈새로 알맹이를 빼먹었다.

또한 타닌이 다량 함유된 가래나무의 껍질과 잎, 열매를 이용해서 재래식 화장실을 소독하거나, 잎이나 열매를 짓찧어 도랑물에 풀어서 고기를 잡기도 했다. 가래추자를 만지면 항상 열매에서 나온 검은 물이 손이나 옷에 묻었다. 흙으로 문질러 그 흔적을 지우느라 고생했던 기억도 생생하다.

11, 12월 미틈달, 매듭달

기약 없는
여행은 계속된다

　들이나 야산에서 흔히 볼 수 있는 박주가리 씨앗이다. 옛날에는 씨앗의 털을 솜 대신으로 이용해서 도장밥으로 썼고, 바늘 쌈지로도 만들었기에 '할머니의 바늘겨레'라고 불리기도 했다.

　박주가리의 쭈글쭈글한 바가지가 바람에 말라 터지면 그 안에서 하얀 솜털을 단 씨앗이 셀 수도 없이 나온다. 잘 빗은 누이의 댕기머리처럼 예쁘기도 한 씨앗은 바람을 타고 둥실둥실 멀리 떠간다. 날아가 닿는 그곳이 씨앗의 새 세상이 될 것이다.

　그러나 솜털이 도리어 화근이 되어 씨앗은 바로 옆에 있는 나뭇가지에 걸리기도 하고, 생존이 어려운 산꼭대기의 바위에 내리기도 한다. 수많은 씨앗이 날아가지만 살아남을 확률은 매우 낮다. 박주가리가 씨앗을 수천, 수만 개나 만드는 것은 이렇게 낮은 생존 확률을 고려한 나름의 전략인지도 모르겠다.

겨울이 모두에게

혹독한 것은 아니다

여름에는 숲이 울창해서 숲 바닥까지는 거의 빛이 들어오지 않았는데, 이제 나뭇잎들이 대부분 지고 나니 관중이 있는 바닥까지도 햇빛이 비친다.

비교적 풍부하게 들어오는 빛을 조금이라도 더 받으려고 관중은 잎자루를 로제트처럼 지면에 펼쳤다. 이렇게 빛을 모으고 모아서 추운 겨울을 견딜 것이다. 키 작은 식물 관중이 숲에서 살아가는 방식이다.

노랑쐐기나방 애벌레
고치에서 일어난 비극

노랑쐐기나방 애벌레는 입에서 갈색 액, 항문에서 흰색 액을 토해내 고치를 만든다. 애벌레의 고치는 흰색과 갈색이 어우러진 무늬가 아름다울 뿐 아니라, 단단하기도 이를 데 없다. 고치에서 나올 때는 고치의 윗부분을 단지 뚜껑 모양처럼 잘라낸 뒤, 그 구멍으로 탈출한다.

그런데 오늘 만난 고치는 아랫부분에 어설프게 막힌 구멍이나 있었다. 애벌레가 없는 빈 고치인 줄 알고 열어 보았는데, 아뿔싸! 곰개미가 있었다. 아마 곰개미가 고치를 뚫고 들어가 애벌레를 잡아먹은 후에 그 안에서 겨울을 나고 있었나 보다. 녀석의 겨울 집을 부순 것 같아 정말 미안하다.

11, 12째 미틈달, 매듭달

느티나무가
살기 좋은 곳이
사람에게도
살기 좋은 곳일 텐데

수관이 넓은 느티나무는 좋은 환경에서 자라면 정자나무처럼 풍채가 아주 좋지만, 대부분은 그렇게 자라지 못한다. 숲속에서 자라면 몸이 이리저리 많이 뒤틀리며, 대나무밭에서 자라면 넓은 수관은 자랑도 못하고 멀대 같이 크기만 해야 한다.

숲이나 대나무밭은 그나마 나은 편이다. 궁궐 뒤안길에서는 시멘트 바닥 때문에 제대로 숨도 쉬지 못하거나 도심에서는 인간의 필요에 의해 베이기도 한다. 다행히 사진 속 느티나무는 집주인의 배려로, 돌담 사이에서도 크게 상한 곳 없이 잘 자랐다. 물론 자라기에 아주 좋은 환경이 아닐 테지만, 그래도 사람과 가까운 곳에서 묵묵히 살아가는 느티나무가 고맙기만 하다.

해오름달 ^{1月}

시샘달 ^{2月}

동 고 비 의   비 상 식 량   창 고

　지난가을, 서리산 중턱에 있는 오래된 잣나무 그루터기에 동고비 한 마리가 드나드는 것을 보았다. 가만히 살펴보니 그루터기에 난 좁은 공간에 잣 열매를 차곡차곡 숨겨 두는 것이 아닌가. 안을 들여다보니 꼭 잘 정돈된 가정집의 수납장 같아 보였다.

　3개월 즈음 지나 다시 잣나무가 있는 곳을 찾았다. 가을에 잣을 쌓아 두던 그 동고비로 보이는 녀석이 또 슬쩍슬쩍 식량 창고를 드나들었다. 이번에는 잣 열매를 한 알씩 가져갔다. 아마 겨울이라 먹이를 구하기 어려워 저축해두었던 잣을 꺼내 먹는 모양이다.

　그루터기로 드나들 때는 주변을 경계하며 안전한지를 확인한 후에야 구멍으로 들어갔다. 열매를 가져가는 횟수는 4~5회, 한 번에 15분 정도 걸렸다. 잣 열매를 물고 나오면 한 20미터 높이의 바위나 키가 큰 나무의 가지로 올라갔다. 열매에서 씨앗을 꺼내 먹는 데는 5분 정도 걸린 것 같다.

그로부터 여러 날 동안 같은 시간대에 잣나무가 있는 곳으로 가면 그 동고비를 만날 수 있었다. 식량 창고를 이용하는 데는 나름의 규칙이 있는지 절차는 항상 같았다. 주변에 있던 곤줄박이와 박새는 이러한 동고비의 행동에 그다지 관심을 보이지 않았지만, 다른 동고비는 잣나무 그루터기 근처를 몇 번 기웃거렸다.

재밌는 것은, 탐방객이 많은 등산로 주변에서는 동고비의 비상식량 창고를 볼 수 없다는 점이다.

숲의 시계바늘은 해를 따라 흘러간다

2010년 3월부터 까막딱다구리 둥지를 관찰하고 있다. 처음에는 까막딱다구리가 둥지에서 나오는 시간을 대략 오전 8시, 둥지로 돌아오는 시간을 오후 4시로 보고 그 시간에 맞춰 둥지로 갔다. 그런데 몇 번이고 허탕을 쳤다. 이상하다 싶어 자세히 관찰해보니, 까막딱다구리는 그날그날의 일출과 일몰 시간을 기준으로 해서 얼마의 시차를 두고 둥지를 드나들었다.

예를 들어 1월 24일의 해 뜨는 시간은 오전 7시 40분. 까막딱다구리가 둥지에서 나온 시간은 8시 10분이었다. 같은 날 일몰 시간은 오후 5시 40분이었고, 까막딱다구리가 돌아온 것은 4시 20분이었다. 둥지에서 나선 것은 해가 뜨고서 30분 후, 둥지로 돌아온 것은 일몰 1시간 20분 전쯤이다.

즉 까막딱다구리는 계절의 변화에 따라 낮밤의 길이가 달라진다는 것을 온몸으로 아는 것이다. 딱따구리의 출퇴근 시간이 매일 조금씩 차이가 나는 것도 이런 생체시계 때문이다.

시계가 귀했던 초등학교 시절, 등굣길 중간쯤에 작은 막대기를 세워 해시계를 만들어 두었다. 그러나 나는 매번 지각을 했다. 해의 길이가 계절에 따라 변한다는 것을 몰랐던 것이다. 50여 년이 지나서도 같은 실수를 저지른 것을 보니, 아마 나는 까막딱다구리보다 머리가 나쁜 모양이다.

내일은 정확하게 오후 4시 40분에 나가 둥지 옆에서 기다려야겠다.

미래목이 아니라서

숲아베기 과정에서 줄기가 잘린 나무들을 보면 마음이 영 개운치 않다. 숲의 이점을 더욱 중대시키고자 수고樹高 생장하는 나무는 베고, 부피 생장하는 미래목은 남겨 둔다는 것은 알고 있지만, 미래목이라는 것도 사람이 만든 기준에 불과한 것 같아 씁쓸하다. 나무는 똑같은 나무인데 말이다.

이 다래나무도 미래목 대열에 끼지 못해 줄기가 잘렸다. 그래도 다래나무는 살기 위해 애쓴다. 잘린 상처에 미생물이 침투하는 것을 막고자 방어벽을 입체적으로 구획화하면서 상처를 치유한다. 삶의 애환이라는 건, 이런 것이 아닐까.

이 땅에서
정다운 것들이 사라져간다 3

우리나라 멸종위기야생동식물 II급이자, 북한의 천연기념물인 무산쇠족제비를 만났다. 주로 함경북도 무산군 일대에서 살고, '작다'라는 의미의 접두어 '쇠'가 붙어 무산쇠족제비라고 한다. 꼬리 길이까지 합쳐도 25센티미터가 채 넘지 않는다.

귀여운 생김새와는 다르게 사냥을 아주 잘한다. 날씬하고 작은 몸으로 좁은 구멍까지 쫓아가 사냥을 하고, 한 마리가 1년에 잡아먹는 설치류는 2,000~3,000마리에 이른다고 한다. 작은 고추가 맵다는 말이 따로 없다. 그건 그렇고, 이 녀석 정말 귀엽다.

자작나무에게는 무언가 특별한 것이 있다

흰색 나무껍질이 신비로움을 자아내서일까, 자작나무는 예로부터 천둥과 번개도 피해가는 신성한 나무로 여겨졌다. 특히 신라의 유물에서 자작나무의 흔적을 많이 찾아볼 수 있다. 신라 금관의 기본 형태와 장식은 자작나무의 가지와 잎 모양에서 따온 것이며, 귀걸이 역시 자작나무의 꽃 모양을 본뜬 것이라고 한다.

자작나무 껍질에는 다른 나무껍질보다 큐틴 성분이 많이 함유되어 있어 곰팡이가 쉽게 피지 않아 잘 썩지 않고, 방수 효과도 있다. 신라 금관 안쪽 머리가 닿는 부분도 자작나무 껍질로 만든 것이며, 천마총에서 나온 말다래 역시 그러하다.

물이 잘 스며들지 않는 성질을 이용해 우리나라에서는 불경의 재료로, 아메리카 원주민들은 카누, 러시아 소수 민족은 고기잡이배의 방수제로 이용했다.

또한 껍질에는 유지 성분도 있어 과거에는 밤에 불을 밝히는 데도 요긴하게 쓰였다. 요즘 결혼식에서 양가 어머니들이 초에 불을 붙이는 것을 화촉華燭이라고 하는데, 이 역시 자작나무 껍질로 만든 초인 화촉樺燭에서 유래한 것이라고 한다.

한편, 자작나무가 추운 지방에서도 잘 자랄 수 있는 것은 흰색 나무껍질 덕분이다. 이것이 직사광선이나 눈에 반사되는 빛을 차단함으로써, 나무가 느끼는 내부 온도는 외부 온도보다 낮아진다. 따라서 자작나무는 액포에 당분을 채우는 등 추위에 대한 대비를 서두를 수 있다.

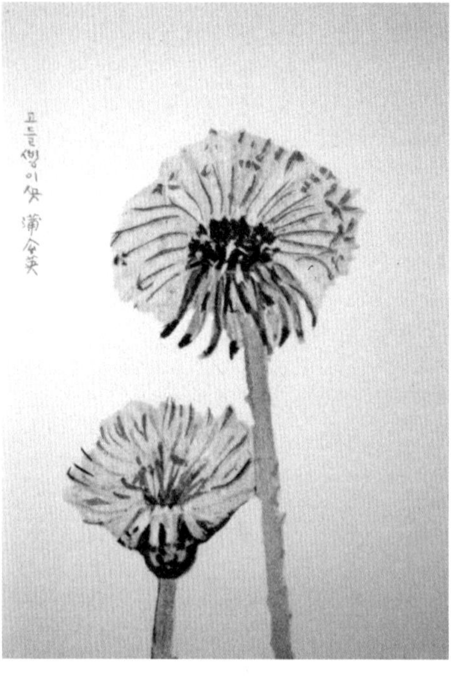
蒲公英

지금이라도

후 하고 불면
씨앗이 날릴 것 같은

1899년, 미국의 어느 선교사가 남긴 우리나라 민들레 그림이다. 처음 봤을 때는 그림 한 편에 쓰인 한글을 보고 고들빼기*인 줄 알았는데, 그 아래 적힌 포공영浦公英이라는 한자를 보니 민들레를 그린 것이다.

그림을 가만히 보고 있자니, 마치 100여 년 전부터 알았던 꽃인 것 같은 묘한 기분이 든다.

---

* 그림에 적힌 '고들뺑이'는 흰민들레나 방가지똥을 지칭하는 옛말입니다(김종원, 『한국 식물 생태
보감 1』, 2013).
** 저자의 지인이 미국에 갔을 때, 한 선교사의 책에서 복사해온 그림입니다. 이 그림의 저작권자
를 찾으려고 노력했으나 끝내 찾지 못했습니다. 추후라도 저작권자를 찾으면 저작권 문제를 처
리하겠습니다.

이유 있는 외로움

소나무는 다른 나무와는 잘 어울리지 못한다. 이러한 소나무의 습성을 알 수 있는 것이 소나무숲의 천이현상과 타감작용이다.

소나무의 씨앗은 가벼워서 바람에 잘 날려 상대적으로 빨리 뿌리를 내린다. 그래서 처음에는 주로 소나무가 숲을 이루지만, 여기에 혹여 참나무처럼 응달에서도 잘 자라는 음수류가 자라기 시작하면 이야기는 달라진다. 햇빛을 받아야만 살 수 있는 소나무는 제 키보다 높이 자라서 햇빛을 가리는 음수류의 영향으로 점점 밀려나 살 곳을 잃게 된다. 우리나라의 많은 소나무숲에서 일어나는 천이현상이다. 소나무숲은 주로 서어나무, 참나무숲으로 변하고 있다.

정반대로, 주변의 다른 나무로 인해 생존에 위협을 느낀 소나무가 타감작용을 일으키기도 한다. 즉 소나무 뿌리에서 분비되는 갈로타닌이라는 화학물질로 인해 토양이 척박한 산성으로 바뀌면서 다른 식물이 제대로 뿌리 내리기 어려워지는 것이다. 물론 모든 식물이 그런 것은 아니다. 진달래나 개옻나무, 싸리, 혹은 대사초나 맑은대쑥 등 소나무와 함께 살아가는 초본류도 있다.

한 예로 옛날에는 동네 앞동산, 뒷동산의 솔숲 아래 분홍빛으로 물든 진달래 무리를 흔히 볼 수 있었다. 산자락마다 아파트가 들어선 지금이야 그런 풍경도 잊힌 지 오래지만 말이다.

그 옛날,
우리를 포근하게 감쌌던

　목화는 지금이야 시배지 관공서 현관에 놓인 화분에서나 보게 되는 식물이지만, 잘 알려졌다시피 원래는 한겨울 추위로부터 우리 민족을 따뜻하게 감싸 주었던 귀한 솜옷의 원재료다. 꽃이 지고 나면 다래라는 열매가 달리고, 열매가 무르익으면 그 안에서 보송보송한 솜사탕 같은 목화가 생긴다.

　어릴 때는 다래를 자주 먹었는데, 설익은 다래 안에는 달콤한 액체가 가득했다. 밭머리를 돌아 집으로 돌아오던 배고픈 시절에 다래 즙은 정말로 인기 있는 요기거리였다.

바위틈에서
꿈꾸는 봄

사마귀는 알로, 사슴벌레류는 애벌레로, 나비나 나방류는 번데기로, 무당벌레나 비단벌레, 잎벌레류는 어른벌레로 겨울은 난다. 주로 나뭇가지 사이나 나무줄기 속, 낙엽 안, 땅속, 물속 등에 몸을 숨겨 겨울잠을 잔다.

곤충이 겨울잠을 자는 겨울 집은 거의 틈새 하나 없이 비좁지만, 강도와 통풍, 효율성은 여느 친환경 주택 못지않다. 본능에 따라 기온, 습도, 풍향, 일조량 등을 알맞게 조절하기 때문이다. 또한 겨울잠에서 깨는 시기도 계절의 변화에 맞춰 본능적으로 결정한다. 보통 밤이 짧아지고 낮이 길어지면서, 햇볕이 와 닿는 시간이 길어지면 겨울잠에서 깬다.

혹여나 추운 곳에서 겨울잠을 자는 곤충에게 도움을 준다며 따뜻한 곳으로 데려가는 것이 오히려 곤충 생활사에 역행하는 것도 이러한 이유 때문이다.

세월이 흘러도 변하지 않을
그대의

푸른 빛

우리나라 식물 중에는 이름이 참 예쁜 것이 많다. 물푸레나무도 그중 하나. 나무껍질을 벗겨 물에 담그면 물이 파랗게 변한다고 해서 물푸레나무라고 한다니, 나무 이름을 듣는 것만으로도 시원시원해진다. 강원도에서는 수청목水靑木이라고 부르기도 한다.

물푸레나무를 달인 물로 먹을 갈아 글씨를 쓰면 천년이 지나도 색이 바래지 않는다고 하며, 나무를 태운 재로 옷을 염색해도 파르스름한 빛깔이 바래지 않아 최고의 염료로 쳤다. 또한 나무가 단단하고 질겨서 과거에는 선비들의 나들이용 벼루, 곤장이나 회초리, 도리깨, 도낏자루, 설피 등의 재료로 쓰였다.

옛날 사람들만 물푸레나무의 도움을 받은 것은 아니다. 요즘도 물푸레나무는 뛰어난 건축 자재, 가구용 원목으로 사랑받고 있다.

269

그 대 여,
아무 걱정 말아요

모든 것이 무채색으로 꽁꽁 얼어붙은 겨울 숲에 감자난초 혼자 계절을 잊은 것처럼 푸르게 서 있다. 감자난초가 혹한에도 꿋꿋하게 자랄 수 있는 가장 큰 이유는 튼튼한 뿌리 덕분이다. 뿌리의 비늘줄기가 감자를 닮았다고 해서 이름에 '감자'가 붙었을 만큼 그 뿌리는 튼실하고 굵다.

뿌리 외에도 이유는 또 있다. 난초과 식물은 생존을 위해 놀랍도록 많은 생물, 균과 공생관계를 맺고 있으며, 환경에 맞춰 제 크기와 모습을 바꾸기도 한다. 그래서 겨울 숲에서도 고고하게 신록을 유지할 수 있는 것. 한편, 이러한 특성 때문에 난초는 이식하기 어려운 식물이기도 하다. 난초 입장에서는 다행스러운 일이겠다.

물속의
작은 신비

날도래 애벌레는 물고기의 먹이가 되는 동시에 하루살이 애벌레의 포식자이기도 해서 하천생태계에서는 빠져서는 안 될 생물군이다. 또한 물에 떨어진 낙엽을 잎맥만 남기고 갉아먹으면서 물속 환경을 깨끗하게 하는 데 일조하는 생물이기도 하다.

날도래 애벌레는 물속에서 나무나 모래, 작은 돌을 이용해서 집을 만든다. 집 벽에 뚫린 공간이 있으면 어떻게든 크기에 맞는 돌을 찾아 빈틈이 없게 한다. 그리고 몸에서 접착 물질을 분비해 나무나 모래, 돌이 떨어지지 않게 붙여, 집이 물살에 부서지지 않도록 고정한다. 물속에서도 붙는 이 접착제의 비밀을 인간은 아직 밝히지 못했다.

버려야
산다

우리는 추운 겨울이 오면 가능한 옷을 많이 껴입지만, 나무는 반대다. 모든 겉치레는 벗고 발가벗은 채로 모진 겨울을 난다. 기온이 점점 떨어지면 외부의 수분이 부족해져 뿌리를 통해 얻을 수 있는 수분도 줄어든다. 그래서 수분이 빠져나가는 통로인 나뭇잎을 떨어뜨려 수분 손실을 막는 것이다.

한편, 식물은 세포가 얼면 부피가 팽창해 죽게 된다. 나무는 겨우내 세포가 얼지 않도록 세포액의 당분 농도를 높이고자 체내 수분을 어느 정도 버리기도 한다. 그냥 물보다 설탕물이나 소금물의 어는점이 낮다는 것을 나무도 잘 알고 있는 모양이다. 또한 나무 안의 수분은 세포 틈이 얼었을 때 세포 밖으로 빠져나와 얼음 결정을 만들어 세포를 감싼다. 세포가 얼어 죽지 않도록 일종의 단열재 역할을 하는 것이다.

새매의 낮이 깎인 날

새매 한 마리가 까치 무리에 쫓기고 있다.

새매는 동물의 주검을 탐하는 독수리와는 달리 살아 움직이는 동물을 사냥한다. 특히 논밭을 어슬렁거리는 들쥐는 새매의 눈에 띄면 그대로 황천행이다. 공중에서 빙글빙글 돌다가 사냥감을 발견하면 날개를 퍼덕이며 정지 상태를 유지하다가 시속 200킬로미터의 속도로 수직 하강해 먹이를 낚아채고 등뼈를 부러뜨린다.

그런 녀석이 까치에게 쫓기고 있다니! 까치는 무리지어 끝까지 서식지를 지키는데, 녀석이 그걸 모르고 까치둥지에 기웃거리기라도 한 것인지. 여하튼 새매 체면이 말이 아니다.

마음에 박힌
그 **상처** 하나가

이 아까시나무는 어렸을 때 철조망에 감겨 있었다. 철조망은 원줄기로 파고들었고, 나무는 살기 위해 새로운 조직을 만들어 원줄기를 덮으면서 자랐다. 오랜 세월 동안 상처를 마음에 품고 살아온 셈이다.

물론 철사가 나무에 박힌다고 해서 나무가 당장 죽는 것은 아니지만, 상처가 나무의 생장에 영향을 미치는 것은 분명하다. 나무는 상처를 새로운 조직으로 덮으며 스스로 치유하지만, 혹여 상처가 미치는 영향이 치명적일 경우에는 나무가 죽을 수도 있다.

1.2절 해오름달, 시샘달

열대의
나무는
나이를
잊고 산다

　　열대우림 지역의 수목 생장을 조사하고 있는 독일 학생들을 밀림 여행 중에 우연히 만났다. 덕분에 한국에서는 보기 힘든 열대 나무에 대한 설명을 들을 수 있었다.

　　여름과 겨울의 구분이 없는 열대지방에서 자라는 나무에서는 우리나라의 나무에서 보이는 것처럼 온전한 나이테를 기대하기는 어렵다. 다만, 내내 건조하고 산발적으로 비가 내리는 지역에서는 1년에 하나 정도의 생장윤이, 건기와 우기가 명확히 구분되는 지역에서는 희미한 나이테 같은 것이 보이기도 한다.

　　열대 밀림에서 찍은 이 나무는 루페로 봐도, 사진을 찍어 확대해도 도관만 콧구멍 같이 보일 뿐, 역시 나이테는 보이지 않았다.

타고난다는 것은
이런 것 2

먹이를 찾고 사냥하는 데 있어 딱다구리처럼 영민한 새가 또 있을까. 다른 새들이 들으면 반론이 있을지 모르겠지만, 내가 보기에는 먹이 활동에 있어서는 단연 딱다구리가 독보적인 것 같다.

딱다구리는 나무를 부리로 두들기는 순간, 나무 안에 있는 먹이의 크기와 위치를 안다고 한다. 그래서 먹이를 먹을지 말지에 대한 판단도 신속 정확하다. 아무리 큰 먹이가 있다고 해도, 그것을 먹고 나서 얻는 에너지가 나무를 쪼는 데 드는 에너지보다 작다면 과감하게 포기하고 다른 나무로 이동한다.

먹이를 잡을 때는 보통 나무를 두들기면서 안에 있는 먹이를 반쯤 기절시킨다. 그리고서 8센티미터쯤 되는 긴 혀로 낚시를 하듯 먹이를 낚아챈다. 혀끝은 화살촉처럼 생겼고 끈끈한 액체가 묻어 있어 먹이를 잘 잡을 수 있다. 평상시에 긴 혀는 부리 안에 접어 둔다.

삶이 고달플 때는

겨울이 되면 나무는 이듬해 봄 새순을 틔우기 위해 모든 생장점을
닫고 오로지 뿌리를 가꾸는 데만 집중한다.

겨울나무를 올려다보자

그래서일까, 겨우내 모진 댑바람과 차디찬 서리를 뒤집어써야 하는
앙상한 우듬지나 잔가지에서 우직한 생명력이 느껴지는 것은 말이다.

가 로 수 에 게 도

두 발 의   자 유 를

가로수의 가지치기는 행정관서의 연례행사다. 도심과 도로의 미관 유지, 교통과 전선의 장애 해결, 유실수의 경우는 좋은 과실을 얻기 위한 목적으로 시행된다.

문제는 나무별로 생태에 맞게끔 가지치기를 하는 것이 아니라, 무분별하고 획일적으로 가지를 자른다는 것이다. 자칫 잘못하면 가지가 잘린 곳으로 균과 해충이 침입할 수도 있다. 병에 걸려도 노거수가 아닌 이상 가로수가 제대로 된 약 처방을 받는 경우는 드물다.

기계적으로 가지치기를 하기 전에 전선이나 도로 표지판 상황에서 개선할 점은 없는지를 우선적으로 고민하고, 그럼에도 가지치기를 해야 할 때는 수종별 생태를 고려해서 작업해야 하지 않을까.

나뭇가지가 시원스레 뻗어 있던 옛 신작로가 그립다.

남 도 의 천 년 숲 에 서

　매년 겨울이면 아내와 함께 남도의 숲을 여행한다. 올해는 제일 먼저 함양의 상림으로 향했다.

　함양 상림은 신라 말기약 1,100년 전에 함양 태수인 최치원이 조성한 것으로 알려진다. 하천 범람으로 인한 수해를 막고자 둑을 쌓아 물길을 돌렸고, 그 둑을 따라 나무를 심은 것이 상림의 유래라고 한다. 나무는 인근에 있는 가야산에서 가져와 심었다. 당시 숲은 상림과 하림으로 나뉘어 조성되었으나, 아쉽게도 하림은 오랜 시간이 지나면서 사라졌고 지금은 원래 숲의 절반인 상림만 남았다.

　상림은 자연적으로 발생한 숲이 아닌 사람에 의해 만들어진 인공림으로는 우리나라 최초라고 한다. 둑을 따라서 나무 2만여 그루가 우거져 있으며, 천연기념물로 지정된 유일한 낙엽활엽수림이기도 하다.

　숲은 사람의 생활환경을 매우 좋은 방향으로 이끌어 준다는 것을 천년 숲에서 다시금 깨닫는다.

검은 눈물,
옻나무의 소리 없는
아우성

옻나무는 상처^{트집}*를 입었을 때, 자가 치유를 위해
사람의 피부에 옻독이 오르게 하는 검은 휘발성 물질
우루시올을 분비한다. 특히 맹아목에서 많이 나온다.

옻나무는 한자로 칠^漆이라고 하고, 여기서 칠흑^{漆黑}
이라는 말도 나왔다. 옻나무에서 분비되는 물질 우루
시올의 검은색에서 유래한 것이다. 칠판^{漆板}이나 칠기
^{漆器}도 마찬가지다. 벌목 당한 옻나무 가족이 검은 눈물
을 흘리고 있는 것도 이 때문이다.

*트집: 트집은 옻나무의 검은 액을 얻고자 옻나무에 상처를 내는 것에서 유래한 말입니다.
더불어 살아 있는 나무에 생채기를 내 액을 얻는 것은 '생트집'이라고 합니다.

누구에게나

숨 쉴 곳은 하나쯤 더 필요하다

어릴 적 어머니는 수수밭을 매시면서 이런 말
씀을 하셨다.

"작물은 흙을 덮어 주면 잘 자라지만, 나무는 덮어
주면 숨이 막혀 죽는단다."

나무는 보통 잎으로 호흡하지만, 전체 호흡량의
8퍼센트 가량은 뿌리가 담당한다. 잔뿌리의 90퍼센
트 이상이 지면으로부터 20센티미터 안팎에 자리
잡기 때문에, 흙을 두껍게 덮으면 어머니의 말씀처
럼 산소 공급을 막아 나무에 해롭다.

노래 해오름달, 시샘달

더 불 어   산 다 는   것

소백산 자락의 오지마을인 어둔이로
문화생태탐방을 떠났다. 강원도, 충청북도,
경상북도의 접경 지역으로, 장승, 솟대, 서낭당의
흔적은 물론 마을 사람들이 드나들던 숲정이도
있어 전통 마을의 정취가 물씬 풍긴다.
이곳의 공원에는 200여 년 된 소나무와 300여 년
된 음나무가 한 마당에 친구처럼 서 있다. 소나무와
음나무는 각각 침엽수와 활엽수라는 점에서
언뜻 어울리지 않을 것 같지만 그렇지도 않다.
모두 햇빛을 좋아하는 극양수라는 점, 소나무는
곧은 절개와 굳은 의지로 상징되며 오랫동안
사랑받아 왔고, 음나무는 악귀를 몰아내고 행운을
가져온다는 길상목으로 여겨졌다는 점에서 참 잘
어울리는 한 쌍이라 하겠다.

물 오 름 달 ^{3月}

©조백희

눈벌 위의
혈투

새들의 짝짓기가 한창인 3월. 설원에서 암컷을
차지하기 위한 수컷 곤줄박이들의 혈투가 벌어졌
다. 딱딱한 잣을 까는 데는 금메달감일 만큼 단단한
부리와 다리로 공격하고 방어하는 이 싸움이 얼마
나 치열했는지, 혹시라도 수컷을 모두 잃을까 암컷
이 다급하게 달려올 정도였다.

내가 제법 가까이 다가가도 수컷들은 싸움을 멈
출 기미를 보이지 않았다. 사람이 손 위에 땅콩을
올려놓으면 그걸 먹으러 날아올 만큼 다른 새들에
비해 경계심이 약한 새이기는 하지만, 이 정도 거리
까지 허용하는 것을 보면 녀석들에게 이 싸움이 중
요하긴 한가 보다.

하긴 어떻게든 상대를 이겨야만 번식을 할 수 있
을 테니, 그럴 만도 하겠지.

그 숲에 가고 싶다

설중의 안개 낀 잣나무숲에서 숨을 마음껏 내쉬어 본다.
잣나무는 언제 보아도 그 생김이 신선하고 깔끔하며,
그 열매인 잣은 예로부터 신선이 먹는 음식으로
불릴 만큼 영양가가 풍부하다.
게다가 잣나무가 내뿜는 피톤치드는
스트레스를 없애 주는 효과까지 높다.
내가 축령백림을 좋아하는 이유다.

ⓒ 황영민

비 물오름달

하늘판의
이상한 게임

처음에는 흰꼬리수리 한 마리가 큰부리까마귀 두 마리에 공격을 당하는 것이라고 생각했다. 겨울철 얼음물에 냉수마찰까지 하는 맹금류 체면이 말이 아니구나 싶었는데, 자세히 보니 그게 아니었다.

흰꼬리수리는 큰부리까마귀들의 공격을 즐기는 것 같았다. 큰부리까마귀들이 공격을 하면 아주 높이 날아올랐다가, 따라오지 못하는 까마귀들이 제 영역으로 돌아가면 다시 그들을 찾아갔다. 그럼 다시 까마귀들은 흰꼬리수리를 공격하려 나서고……. 쫓기는 자는 즐겁고, 쫓는 자는 조롱당하는 것 같은, 이상한 게임이다.

삼월, 노루귀 마음은 동동걸음 친다

　3~4월에 앞 다투어 피는 봄꽃들을 보면 걱정거리 하나 없는 아기들 같다. 하지만 속내는 그렇지 못하다. 숲의 경쟁자들이 나오기 전에 한시라도 바삐 꽃을 피워야 해서 도리어 매우 절박할지도 모른다. 아직 키 큰 나무가 잎을 내지 않아 봄볕이 그대로 쏟아지는 3~4월이야말로 노루귀처럼 키 작은 식물에게는 절호의 기회이기 때문에 서둘러 꽃을 피우는 것이다.

　햇볕이 거릴 것 없이 쏟아지기는 하지만 그것만으로는 부족하다. 그래서 봄꽃들은 나름대로 온도를 조절하고자 꽃잎을 동그랗게 해서 내부 온도를 높이기도 하고, 솜털을 만들기도 하고, 땅바닥에 납작 붙어 자라기도 한다.

　또 주변에 있는 가랑잎으로 보온하기도 한다. 이처럼 가랑잎은 노루귀에게 무척 소중한 것인데, 사진 욕심을 내는 야생화 동호인들은 가랑잎을 죄다 긁어놓는다. 이 사진 속 노루귀들도 마찬가지다. 특히 바위 아래서 자란 노루귀^{가운데}는 동호인들을 경계하는 것처럼도 보인다.

　한편, 돋아나는 이파리의 모습이 심장을 닮아서인지 추출물은 심장병에 쓰인다고 한다.

부들 숲에서는
너도 상처 입지 않을 거야

소시지처럼 생긴 부들 이삭 하나에는 씨앗이 35만 개 이상 달린다. 씨앗은 모두 키를 맞추어 자라서 수십 만 개의 씨앗이 마치 하나인 것처럼 보인다. 씨앗이 이렇게 촘촘히 붙어 자라는 이유는 비가 스며들지 못하게 하기 위해서다. 빗물에 젖으면 씨앗이 부실해지기 때문에.

부들은 초겨울에서 이른 봄까지 폭발하듯 털 달린 씨앗을 퍼뜨린다. 부들 이삭 하나가 터지면 마치 함박눈이 펑펑 내리는 것 같다. 그만큼 많은 씨앗이 바람에 날려 뿌리 내릴 땅을 찾아가지만, 이들이 정착하는 곳은 대부분 발아하기에는 여의치 않은 곳이다. 부들이 자라기에 적합한 물가나 습기가 있는 곳에 안착하는 씨앗은 극소수에 불과하다. 사람에게나 식물에게나 생존의 길이 험난한 것은 매한가지인가 보다.

부들은 꽃가루받이가 이루어질 때 부들부들 떨고, 잎이 부드럽다고 해서 이런 이름이 붙었다고 한다. 잎이 부드럽고 길며 나선형인 것은 바람과 맞서지 않으면서 자기를 지키려는 일종의 전략이다. 바람 입장에서도 부들 숲을 지날 때 제일 기분이 좋지 않을까. 상처 입지 않고 편하게 흘러갈 수 있으니 말이다.

봄은 조팝나무 가지 끝에서 온다

어제 내린 눈이 아침햇살에 살며시 녹자
조팝나무의 새순이 생기 있는 얼굴을 내밀었다.
모진 추위와 바람에 지칠 만도 한데,
전혀 그런 기색은 보이지 않는다.
조금만 더 참고 견디면 곧 가지마다 튀긴 좁쌀 같은
순백색 꽃이 핀다는 것을 알아서일까?

쥐를 대하는 우리의 자세

동서양을 막론하고 쥐는 지혜롭고 영리한 동물로 통한다. 지진이나 대홍수와 같은 자연재해를 예측해 가장 먼저 둥지를 떠나는 동물로도 유명하다. 또한 쥐는 놀라운 번식력으로 다른 동물의 풍부한 먹잇감이 되고, 온갖 잡다한 것을 먹어 치우치면서 생태계의 하층구조를 굳건히 지키는 역할도 한다.

한편으로는 추악함과 어둠을 상징하기도 한다. 그래서 우리나라에서는 60년대에 새마을 사업의 하나로 쥐잡기 운동이 일기도 했다. 여담으로, 당시에 쥐를 잡지 못해 쥐꼬리 대신 오징어 다리를 잿불에 구워 가져가 선생님께 검사를 받으면서 가슴을 조이던 일이 기억난다.

새봄을 알리는
도깨비 방망이

애기앉은부채는 이른 봄, 다른 식물이 움트기 전에 싹이 난
후 배추 잎처럼 큰 잎으로 자랐다가 6월이 되면 지상부가 사라진
다. 8월에 검붉은 색의 이삭잎^{포엽}이 자라고 그 안에서 작은 도깨
비 방망이 같은 꽃이 핀다. 열매는 다음 해 꽃이 필 무렵에 익으
며, 이때 이전에 핀 꽃의 꽃대가 굽어지면서 땅으로 파고들어 씨
앗의 번식을 쉽게 한다.

독성이 있지만, 다른 식물에 비해 일찍 싹이 돋아서 피해를 입
기도 한다. 예를 들어 겨울잠에서 깨어나 눈을 헤치며 먹을 것을
찾는 곰에게 뜯긴다. 겨울잠을 자느라 수분이 부족해져 장기가
상당히 말라 있는 야생동물에게 촉촉한 애기앉은부채는 좋은 먹
잇감일 것이다. 요즘은 멧돼지도 애기앉은부채를 많이 먹는다고
한다.

초식동물의 초상

산토끼는 무리를 짓지 않고 홀로 생활하며, 굴을 파지 않고 풀숲이나 바위 그늘에 산다. 천적이 많은 야생에서 살아가야 하는 초식동물답게 경계심이 강하고 기민하다. 크고 밝은 귀로 주위를 경계하느라 하루에 30분 정도밖에 잠을 자지 못한다고 한다. 그래서 토끼 눈이 빨간 건지도 모르겠다. 잠이 많은 집토끼의 눈도 빨간 것은 야생에서 살았던 옛 선조의 영향일지도.

생존,

그 지난함에 대해 1

    달맞이꽃의 어린 싹은 겨울에도 얼어 죽지 않고 땅에 납작하게 붙은 채로 살아 있다. 참깨처럼 생긴 씨앗은 한 포기에 수백만 개나 되며, 번식할 때는 끈끈한 실로 연결된 수백 개의 꽃가루가 한 번에 들러붙는다. 척박한 땅이나 고산지대에서도 잘 자라는 이유가 여기에 있지 않을까.

    이렇게 생명력 강한 달맞이꽃도 뿌리가 땅위로 드러나면 생존을 장담하지 못한다. 달맞이꽃과 같은 여러해살이식물에게는 뿌리가 생명인데, 먹이를 찾느라 땅속을 아무렇게나 헤집는 멧돼지들이 그걸 알았을 리 만무하다. 이제 이 달맞이꽃은 어떻게 되는지.

생존,

그 지난함에 대해 2

씨앗이 식물체에서 분리되어 발아하기까지의
여정은 참 힘겹다. 씨앗이 떨어진 곳이 자라기에
는 전혀 알맞지 않은 장소일 수도 있고, 싹을 틔우
기도 전에 벌레에게 갉아먹힐 수도 있다. 자칫 발
아 시기를 놓치면 분해자들의 의해 산산이 부서
져 숲의 유기물층이 될 수도 있다.

이처럼 험난한 상황 속에서도 큰구슬붕이는
용케 싹을 틔웠다. 어떻게든 번식하려고 부단히
노력한 것이 결실을 맺은 것 같아 다행스럽다.

그대를 향해 펼치는
샛노란 안테나

　　꿀이 없는 복수초의 꽃가루받이를 돕는 일등공신은 꽃가루를 먹는 꽃등에다. 복수초는 해가 뜨면 꽃잎을 마치 접시 안테나처럼 펴고 햇빛을 따라 돌면서 태양열을 모아, 꽃내부의 온도를 외부 기온보다 5~8도 높인다. 꽃등에가 꽃가루를 옮기는 데는 꽃이 차가운 것보다는 따뜻한 것이 훨씬 효율적이라는 것을 안 모양이다.

아 무 도   모 른 다

궁궐 뒤안길,
시멘트로 칠갑된 그곳에 느티나무가 산다.
뿌리로도 숨 쉬는 나무는
시멘트 바닥 때문에 숨이 콱콱 막히지만,
달리 표현할 길이 없다.
지극히 인간 중심적인 세상에서
말 못하는 나무만 서러울 뿐이다.

괴물오름달

텅 빈 나무 의
가 슴

사람들은 오래전부터 삼베보다 질기고,
내수성이 강하며, 약용으로도 가능하다고
해서 나무껍질을 마구잡이로 벗겼다.
껍질이 벗겨진 나무는 상처를 스스로
치유하지 못해 생명 활동에 치명타를 입게
된다는 사실은 안중에도 없이 말이다.
묵묵히 사람들이 원하는 것을 내어 준
나무에게 남는 것은, 죽은 후에 찾아오는
분해자뿐이다.

걷 고 싶 지 않 은 길

일주일에 한 번씩 지나는 길이다.

나무가 많아 운치도 있고 아름답기도 해서

이 길을 지나는 걸음은 늘 가벼웠다.

그런데 어느 날 이 길에 있는

메타세쿼이아의 줄기와 가지가 모두 잘려 있었다.

그늘이 진다는 이유 때문이었을까?

시끄러운 소음을 막아 주고,

매캐한 공기를 정화시켜 주며,

천연 에어컨 역할까지 하던 도심 속 숲은

이제 앙상한 뼈대만 남았다.

더 이상 이 길을 걷는 걸음이 경쾌하지 않다.

큰부리까마귀가
사랑하는 법

　　겨우내 쌓인 눈이 녹는 3월 초순이면 수컷 큰부리까마귀들의 몸과 마음이 바빠진다. 암컷의 마음에 들 만한 선물을 준비해서 짝짓기를 해야 하기 때문이다.

　　수컷 큰부리까마귀들이 암컷에게 건네는 선물은 그야말로 각양각색이다. 양서류나 잣송이 등을 선물하는 것이 보편적이지만, 지난가을에 잡아다가 숨겨 놓은 개구리를 선물하는 준비된 신랑감도 있다. 쓰레기장에서 구해온 과자 부스러기나 음식 찌꺼기를 선물하는 수컷도 있는데, 이런 수컷들은 게으르다고 해야 할까, 취향이 독특하다고 해야 할까.

　　암컷은 어느 수컷이 힘이 세고, 가져다준 먹이의 질이 좋은지를 직감적으로 알면서도 기어코 수컷의 애간장을 녹인 후에야 마음을 주는 것 같다.

ⓒ박순경

잠들지 못하는
독 일 가 문 비 나 무

나무도 스트레스를 받을까? 물론이다. 나무의 생장을 방해하는 요소는 추위, 가뭄, 홍수 등 자연적인 요소가 많지만, 가로등과 같은 인공적인 요소도 무시하지 못할 스트레스 요인이다.

독일가문비나무는 보안등으로 인해 스트레스를 받아 푸른 잎이 누렇게 시들어가고 있다. 보안등에서 나오는 인공 불빛에는 햇빛처럼 나무의 생장에 필요한 파장이 들어 있지 않아 광합성 작용에 혼란을 일으킨다. 그리고 밤새 불이 켜져 있으면 겨울잠休止期에 들어야 하는 나무 입장에서는 그야말로 잠을 못 자게 하는 고문을 당하는 것과 같다.

거창하게 식물생리학까지 운운하지 않더라도, 조금만 식물에 관심을 가진다면 이들이 받는 스트레스는 조금이나마 줄일 수 있을 텐데.

봄 숲의 이면

이제 막 녹기 시작한 부엽토 속에서 너도바람꽃, 갈퀴나물, 쪽동백나무 열매, 신갈나무 도토리, 잘린 호랑버들 가지가 보인다.

너도바람꽃은 숲의 나무에서 잎이 나기 전에 꽃을 피워야 해서 마음이 급해 보인다. 갈퀴나물은 하나 있는 씨앗마저 말라비틀어져서인지 어쩐지 힘이 없어 보인다. 상태로 봐서는 쪽동백나무와 신갈나무 열매도 마찬가지다. 가지가 잘려 꽃도 피우지 못했을 호랑버들의 모습도 안쓰럽다.

어느 생태계가 그러하듯 봄 숲에도 생과 사가 공존한다. 봄 숲은 푸릇푸릇 샘솟는 생명의 터전인 동시에 흙빛으로 저물어가는 죽음의 현장이기도 하다.

겨울은
앉은부채로부터
녹아내리고

앉은부채는 가을부터 불염포와 잎이 나온 상태에서 겨울을 난다. 불염포 안에 핀 도깨비 방망이처럼 생긴 육수꽃차례의 온도가 주변 기온보다 20도 이상 높아 골짜기의 응달진 부엽토에서도 자라며, 이른 봄 얼음을 뚫고 나오기도 한다.

앉은부채의 독성은 사람에게는 위험하지만, 겨울잠에서 깬 동물들에게는 매우 귀중하다. 겨울잠을 자는 동안 뱃속에 쌓여 굳은 배설물을 쏟아내는 데 아주 효과적이기 때문이다.

꽃에서는 고기가 썩는 듯한 특이한 냄새가 나서 육식성 곤충이나 동물이 먹이인 줄 착각해서 꽃을 건드리는데, 이런 방식을 통해 꽃가루받이를 한다. 간혹 새 순부터 올라오는 개체는 꽃이 피지 않는다.

두 메 산 골
올괴불나무는
바 지 런 도
하 여 라

올괴불나무는 산골짜기의 그늘진 곳, 분지의 계곡에서 드물게 자란다. 사는 곳도 후미지지만, 주로 큰 나무 사이에서 자라 관심을 가지고 찾지 않으면 만나기 힘든 꽃나무다.

모든 나무 중에서 제일 일찍 열매를 맺고, 괴불나무류 중에서는 꽃도 가장 먼저 펴, 이름 앞에 이르다는 뜻의 접두어 '올'이 붙었다. 꽃과 열매를 빨리 맺는다고 해서 절차를 허투루 밟는 법은 없다. 무언가를 빨리 얻으려고 절차를 무시하거나 대충대충 넘어가는 것은 사람밖에 없다.

비 둘 기 는   알 고   있 다

　야산의 비둘기들이 줄지어서 무언가를 기다리고
있다. 비둘기들이 바라보는 이웃 바위에는 등산객들이
삼삼오오 모여 음식을 먹고 있다.

　비둘기들은 아는 모양이다. '저렇게 생긴 동물들이
왔다 가면 항상 음식이 쓰레기로 버려진다는 것'을. 그
래서 녀석들은 급식을 기다리는 아이들처럼 목을 빼고
간식을 먹는 사람들을 바라보고 있는 것이다.

　이미 사람들이 산에 버리고 간 음식에 길들여진 비
둘기들은 등산객을 반길지 모르겠지만, 산은 '또 쓰레기
버리는 동물'이 온다며 싫어할 것 같다.

숲이 그대에게 예의를 묻다

곧 봄기운이 완연해지면 숲은 물기 머금은 생명으로 뒤덮일 것이다. 여기저기서 피는 꽃을 볼 생각에 설레기도 하지만 동시에 걱정이 앞서기도 한다. 매년 나타나는 현상으로, 꽃 사진 찍기를 좋아하는 사람들의 욕심에 의해 희생당하는 야생화가 많기 때문이다.

좋은 사진을 얻고자 야생화의 이불이 되는 가랑잎을 긁어내거나 뿌리 부분의 묵은 싹을 잘라 내거나 분무기를 뿌려 물방울을 만드는 등 야생화를 괴롭히는 방법도 가지가지다. 사람들의 이기심이 만들어 놓은 현장을 볼 때마다 이 분야에 발을 디딘 나 자신까지 원망스러워진다.

하물며 꽃들 입장에서는 어떨까. 이런 상황이 앞으로도 지속되면 복을 가져다주는 복수초福壽草는 어쩌면 복수초復讐草가 될지도 모를 일이다.

다시 말갛게, 봄

호흡열로 눈을 녹이며 꽃을 피운 얼레지
아직까지는 겨울기운이 남아 있어 꽃잎을 여닫지만
완연한 봄기운에 눈이 녹고 수정이 이루어질 무렵이면
아주 환하게 꽃잎을 펼치겠지

잎 새 달 ^{4月}

잃어버린
풍경을 찾아서

    토함산 산자락에서 쟁기로 밭을 갈고 있는 노부부를
만났다. 잠깐 이야기를 나누는데, 노부부의 얼굴에는 근
심이 서려 있었다. 지목이 절대농지에서 택지개발지구로
변경되어 올해가 마지막 농사라고 했다.

    밭을 다 갈고서 소를 몰고 밭두렁길을 돌아와, 바가지
에 담은 보리밥에 고추장 무친 봄나물로 점심을 먹는 노
부부의 일상도 택지개발과 함께 사라질 터다. 그리고 그
땅에 사는 들쥐, 땅강아지, 굴뚝새, 꽃다지, 냉이, 굼벵이,
개구리도 보금자리를 잃겠지.

    2년 후에 다시 이곳을 찾았을 때는 이미 대단위 아파
트 단지로 변해 있었다.

꿀 도둑
알 아 보 는 법

　세상에 공짜란 없다. 꽃이 벌에게 꿀을 내어 주는 것도 그들이 꽃가루받이를 도와주기 때문이다. 또한 세상에는 얌체도 꼭 있다. 꽃가루받이는 해주지 않고 꿀만 쏙 빨아먹는 꿀 도둑 벌이 그러하다.

　그래서 꽃은 극단의 조치로 꿀샘을 만들지 않기도 하고, 꽃가루받이를 도와주는 곤충만 고집하기도 하지만, 꿀 도둑에게는 소용이 없는 것 같다. 어쩌면 그들에게는 '꿀 훔쳐 오기 안내서' 같은 것이 있는지도 모르겠다.

　꿀 도둑은 겉모습만 봐도 알 수 있다. 꽃가루받이를 하면서 꿀을 먹는 벌의 등에는 꽃가루가 잔뜩 묻어 있지만, 꿀 도둑의 등은 깨끗하다.

동고비,

내 집 마련의 꿈을

이루다

동고비 부부가 새집을 분양받았다. 둥지는 천적의 눈에 잘 띄지 않으면서도 먹이를 구하기에 쉬운 곳이어야 하는데, 딱다구리가 사용하지 않는 집이 딱 적당했나 보다. 괜찮은 집을 구해서 다행이지만, 그동안 동고비 부부의 내 집 마련 과정은 딱따구리 눈치 보랴 다른 동고비들과 경쟁하랴, 우리나라 신혼부부가 아파트를 분양받는 것만큼이나 치열했을 것이다.

새집으로 이사를 왔으니 주변의 흙과 타액을 섞어 1주일 정도 입구 인테리어 공사를 한다. 내부 보금자리는 손을 대지 않고 그대로 넓게 쓰면서 부부가 번갈아 알을 품는다. 새끼들이 알에서 나오면 부부는 교대로 애벌레를 잡아다 먹이면서 알콩달콩 살아갈 것이다.

먹을 때는
잎벌레도
건드리지 말라

오랜만에 마을 뒷산에 올랐다.
노란 솜방망이 꽃에 까만 점 같은 것이 수두룩 있어
가까이 다가갔더니,
점날개잎벌레들이 꽃 위에 앉아
한가로이 식사를 하고 있었다.
녀석들은 이제 막 핀 연한 꽃잎만 골라 먹고 있었다.
어쩌나 집중해서 먹는지
바로 옆에서 루페를 대고 관찰해도,
서터 소리를 내며 계속 사진을 찍어도
전혀 아랑곳하지 않았다.
솜방망이 꽃잎의 맛이 궁금해진
빌로드제니등에가 근처에 오자
그제야 몸을 움직이며 저항했다.
얼마나 맛있기에 나눠 주기도 싫은가 보다.

이 땅에서
정다운 것들이 사라져간다 1

강원도 오지를 탐사하고 돌아오는 길, 집을 짓는 하늘다람쥐를 만났다. 어린 시절에는 곧잘 보곤 했는데, 지금은 멸종위기 야생동식물II급, 천연기념물로 지정될 정도로 보기 어려워진 녀석이다. 주변 여건과 활동하는 모습으로 봐서 새끼를 가진 암컷인 것 같았다. 혹여나 사진을 찍을 때 나는 셔터 소리조차 녀석에게 방해가 될까 봐 조심스러웠다.

하늘다람쥐는 몸 양쪽에 털로 덮인 넓은 비막飛膜이 있어서 이동할 때는 행글라이더처럼 이 비막을 활짝 펴고 20~30미터까지 날아간다. 착지할 때는 두툼한 꼬리로 방향을 잡아 목적지에 내린다. 덕분에 나무 위에서는 다람쥐류 중 가장 민첩하게 움직이지만, 땅에서는 오히려 비막이 거추장스러운 짐이 되는지 엉금엉금 기어 다닌다.

낮에는 낮잠을 자다가 해질 무렵부터 활동하기 시작하는 야행성이다. 성격이 매우 온순해서 사람과도 친숙해지기 쉬운 동물이지만, 요즘은 쉽게 볼 수가 없어 아쉽다. 다시 옛날처럼 하늘다람쥐를 자주 볼 수 있는 환경이 조성되면 좋겠다.

맛깔스런 나물이기 이전에
엄연한 생명인 것을

우리나라 깊은 산지의 응달이나 물가에서 자라는 는쟁이냉이. 강원도 북부 산간지방에서는 산갓이라고도 부른다. 봄철에 담가 가을까지 먹는 산갓김치의 재료로 쓰인다. 산갓김치는 는쟁이냉이에 뜨거운 물을 부어 익힌 다음 나박김치에 섞고 간장을 타서 먹는 김치로, 맛은 매콤하면서도 산뜻하다.

는쟁이냉이가 자라는 지역의 촌로는 산골 주민들은 는쟁이냉이의 뿌리는 남겨 놓고 새싹만 채취하는데, 나들이 온 사람들은 아예 뿌리째 캐어 간다고 하소연이다. 자연이 선물해준 산채 역시 하나의 생명이라는 것을 모르는 무지 탓이다.

숲 에 서 도
주 거 난 이   문 제 다

어린 까막딱다구리가 태어난 둥지를 다시 찾았다. 새들은 주변의 지형지물을 기준으로 해서 둥지의 모양과 색상을 인지해, 우거진 숲에서도 헷갈리지 않고 제 집을 찾을 수 있다.

그런데 오랜만에 고향집을 찾은 어린 까막딱다구리의 표정이 영 어리둥절하다. 분명 바로 찾아온 것이 맞는데 둥지의 대문이 개조되어 있어서다. 동고비가 허락도 없이 까막딱다구리의 둥지를 빌려 쓴 것 같다. 녀석은 이리저리 살피면서 둥지를 확인한 뒤 어디론가 날아갔다가, 잠시 뒤 어미로 보이는 까막딱다구리와 함께 돌아왔다.

둘은 개조된 대문을 억센 발가락으로 무너뜨린 후, 둥지로 들어가 동고비의 살림살이를 모두 밖으로 내던졌다. 그리고는 입구를 몸으로 틀어막고는 눈을 부릅뜨고 주변을 살폈다. 제 집을 함부로 사용한 동고비에게 보내는 경고일 것이다.

저항아(抵抗芽):
지지 않는다는 말

식물 생장에 가장 악영향을 미치는 것은 추위와 건조함일 것이다. 즉 겨울이다. 이를 견디고자 식물은 특정 기관이나 부위를 발달시키는데, 이를 저항아(抵抗芽)라고 한다.

흔히 늦여름에서부터 가을 사이에 만들어져 겨울을 나고, 이듬해 봄에 자라는 싹이라고 해서 겨울눈이라고 부르는데, 저항아가 반드시 식물의 싹만을 가리키는 것은 아니다. 생장하기에 적당한 환경이 되었을 때 다시 자라는 식물의 부위나 기관을 모두 뜻한다.

수 나 비 는 목 마 르 다

　　나비들의 짝짓기 계절인 봄이 오면 시냇가나 물웅덩이에 나비들이 모여 있는 것을 유난히 자주 볼 수 있다. 긴 대롱처럼 생긴 입으로 물을 빨아먹는 이 나비들은 모두 수컷이다.

　　수나비들이 이렇게 물을 자주 마시는 이유는 열 받아서이다. 수나비가 짝짓기를 하려면 온종일 날아다니며 암컷을 찾아야만 한다. 암컷은 수동적이어서 움직이지 않고 가만히 기다리고만 있기 때문이다.

　　뜨거운 햇살 아래 쉼 없이 날아다니다 보면 근육에서 열이 나 체온이 바깥 기온보다 높아진다. 예를 들어 기온이 30도인 날에는 체온이 35~40도까지 올라간다. 그러니 목이 바짝 바짝 타서 물을 자주 마실 수밖에. 수컷은 참 불쌍하다.

갈등 없는 갈등

갈등葛藤의 사전적 의미는 '칡과 등나무가 서로 얽히는 것과 같이, 개인이나 집단 사이에 목표나 이해관계가 달라 서로 적대시하거나 충돌하는 것, 또는 그런 상태'를 일컫는다.

그러나 사실 칡과 등나무가 '갈등'을 일으키며 얽히는 경우는 생각보다 흔치 않다. 칡은 오른쪽으로, 등나무는 양방향으로 감아 오르기 때문이다. 또한 그런 경우가 있어도 내 편, 네 편을 가르는 일은 좀체 없다. 살아가는 방식이 비슷한 칡과 등나무는 그저 함께 오를 뿐이다.

오직 사람만이 경직된 사고방식으로 칡 편, 등나무 편을 따지며 갈등을 만든다.

걱정하지 마라, 상처는 어떻게든 아무는 법이니까

우리가 어딘가에 부딪히거나 넘어져 상처가 나는 것처럼 나무도 주변 요소들과 부딪히면서 상처를 입기도 한다.

동물은 상처가 생기면 상처 부위에 새살이 돋으면서 치유가 되지만, 나무의 치유법은 조금 다르다. 상처 부위를 새로운 조직으로 덧씌워 상처를 치유한다. 즉 나무의 물관부과 체관부 사이에 있는 형성층과 수피, 물관부에 살아 있는 세포가 새로운 세포를 만들어 상처 부위를 덮는 것이다.

건강한 나무일수록 생장 속도가 빨라 상처가 치유되는 속도도 빠르다. 특히 활엽수가 줄기나 가지에 난 상처를 치유하는 능력이 뛰어나다고 알려진다. 나무의 이런 능력이야말로 진정한 자가 치유가 아닐는지.

생존의
두 얼굴

철쭉은 꽃이 피기도 전에 꿀을 먹으려고 달려드는 곤충으로부터 꽃봉오리를 보호하고자 인편과 꽃받침, 꽃자루에서 끈적거리는 점액질을 분비한다. 다른 꽃들이 그러하듯, 철쭉에게도 번식 수단인 꽃을 보호하는 일은 매우 중요하다.

철쭉에게 숨겨둔 무기가 있는 것을 모르는지, 아니면 알면서도 꿀 먹을 생각에 무작정 날아드는 것인지는 모르겠지만, 철쭉 꽃봉오리를 찾는 곤충이 적지 않다. 본능에 따라 꽃봉오리 이곳저곳을 뒤적이며 꿀이 있는 곳을 찾지만, 꿀이 없다는 것을 깨달았을 때는 이미 점액 늪에 빠져버린 후다.

곤충은 탈출하려고 갖은 애를 써보지만 그럴수록 죽음은 가까워질 뿐이다. 몇 시간을 관찰했지만, 점액에 달라붙은 곤충 중에 탈출에 성공한 경우는 보지 못했다. 곤충 입장에서는 생존^{먹이}을 위해 찾은 길이 죽음으로 가는 길이었던 셈이다.

천부적 건축가 까치는
왜 천덕꾸러기 신세가 되었는가

까치는 해마다 다른 나무에 둥지를 트는데, 유독 이 나무에서만 몇 년 동안 계속해서 까치 집이 생긴다. 아마 이 나무는 둥지를 틀기에 아주 좋은 명당인가 보다.

까치는 둥지를 지을 나무를 고를 때 신중해서 웬만해서는 쓰러지지 않는 나무를 선택한다고 한다. 적당한 나무를 찾았으면, 높은 가지 위에 자그마한 나뭇가지를 하나씩 물어와 얼기설기 포개어 둥지를 짓는다. 언뜻 보기에는 엉성해 보이지만, 사실은 매우 정교하다. 아무리 바람이 세차게 불어도 꿈쩍 않고, 빗방울 하나 새지 않는다고 한다. 아래쪽 둥지가 위쪽 둥지보다 작은 것은, 위쪽 둥지를 지을 때 아래쪽 둥지의 재료를 재활용했기 때문이다. 집을 지을 때 재료도 낭비하지 않고, 부실 공사도 하지 않으니 사람보다 훨씬 낫다.

그런데 언젠가부터 뛰어난 건축가 까치도 집을 짓기가 쉽지 않아 보인다. 둥지를 틀 곳이 급격히 준 탓이다. 고육지책으로 철탑이나 교각, 건물 등에 집을 짓다 보니 사람들에게 미움을 받기 시작했고, 길조였던 까치가 유해조류로 분류되기에 이르렀다.

그나마 다행스러운 것은 부산 황령산의 어느 철탑 위에 있는 까치둥지를 한전이 보호해준 예나, 까치둥지로 인한 정전 위험을 줄인 신형 전봇대를 도입한 사례처럼 까치집을 보호하는 움직임이 조금씩 많아지고 있다는 것이다.

이처럼 덮어 놓고 까치를 유해조류 취급만 할 것이 아니라, 까치가 왜 굳이 철탑이나 건물 등에 둥지를 트는 것인지를 먼저 헤아려 보는 것이 순서겠다. 그래서 까치가 다시 나무에 멋진 둥지를 틀 수 있는 환경이 조성된다면 더할 나위 없겠고.

형제는
용감했다

노랑제비꽃 형제가 바위 틈새에서 얼굴을 내밀었다. 척박한 환경에서 싹을 틔우고, 꽃을 피우느라 힘겨웠을 텐데 매우 씩씩해 보인다. 녀석들의 자손도 곳곳에서 필 수 있도록 주변 생태환경에 변화가 없기를 빌어 본다.

송알송알 맺힌
딱총나무의 기지

　꽃에는 대개 꿀샘이 두 개 있다. 하나는 꽃안꿀샘_{화내꿀샘}으로, 꽃가루받이 매개체를 유인하기 위해 꽃 안쪽에 있다. 다른 하나는 잎이 달린 줄기에 있는 꽃밖꿀샘_{화외꿀샘}으로, 꽃안꿀샘에 비하면 작은 편이다. 잎이나 어린 꽃을 보호하는 역할을 하며, 아예 없는 경우도 있다.

　사진 속 딱총나무의 꿀샘이 그러하다. 아마 꿀샘을 두 개 다 만들기에는 집안 살림이 넉넉하지 않았나 보다. 그래서 딱총나무가 강구해낸 방법은 꽃자루와 나뭇잎 사이의 길목에 꿀샘을 만든 것. 이렇게 하면 꿀을 먹으러 온 개미가 잎을 갉아먹는 잎벌레류도 함께 잡아먹으니, 꽃가루받이와 잎벌레류 퇴치를 한 번에 해결할 수 있다. 없는 살림에서도 일석이조의 효과를 얻을 수 있는 셈이다.

비가 새는
깡통 집에
새우잠을 잔데도

동강 상류에 버려진 빈 깡통에 차곡차곡 유기물이 쌓이면서 작지만, 생물들에게는 소중한 보금자리가 되었다.

깡통 집에 제일 먼저 자리를 잡은 것은 쑥이다. 거친 물살과 모진 강바람에 뿌리를 내릴 곳을 찾은 것만 해도 얼마나 다행스러운 일인지. 다만 인생이 그러하듯 한 고비 넘으면 또 한 고비인 것처럼, 여러해살이풀인 쑥은 그다지 오래 살 수 있을 것 같지는 않다. 장마 때 큰 피해를 본 것인지 쑥대가 거의 말라버렸다.

그래도 쑥은 뿌리를 내릴 수 있게 해준 깡통 집에 감사하려나.

길 잃은 내 마음에도
국수나무 한 그루 있다면

국수나무는 다른 식물에 비해 발아율이 월등히 높다. 다른
식물의 덧눈은 줄기를 좀처럼 내지 않는 데 반해 국수나무의 덧
눈은 해마다 줄기를 내며, 가지를 늘어뜨려 마디에서 바로 뿌리
를 내리기도 하기 때문이다.

처음에는 늘어진 가지의 마디에서 나온 뿌리가 안착할 수 있
도록 원줄기에서 양분을 공급한다. 새 뿌리가 어느 정도 자리를
잡고 줄기를 내면, 그때부터는 역으로 새 뿌리가 원줄기로 영양
분을 보낸다. 이때 원줄기와 새 줄기에서 올라온 양분이 만나는
지점의 가지를 끊어야 새로운 개체가 태어난다. 새로운 개체는
굵고 튼튼한 줄기를 2~3개 곧추세우며, 3~4년이 지나면 다시 가
지를 땅으로 늘어뜨린다.

국수나무는 둥근 덤불 형태의 군집을 크게 형성한다. 국수나
무 덤불은 숲을 우거지게 해서 바람을 잡아주는 역할을 하는 동
시에 숲과 마을의 경계선이 되기도 한다. 그래서 옛사람들은 숲
에서 헤맬 때 국수나무를 길라잡이로 해서 마을로 오는 길을 찾
았다고 한다.

공해가 심한 지역에서는 잘 자라지 못해 맑은 숲을 대변하는
지표식물이기도 하다.

기다리면
날개 돋는 날은
반드시 온다

축령산에는 애호랑나비가 많다. 애벌레가 좋아하는 먹이풀인 족두리풀이 많아서인가 보다. 족두리풀잎이 접혀 있거나 갉아먹은 흔적이 있다면 대개 애호랑나비 애벌레와 관련이 있는 것이다.

애호랑나비는 4월 말까지 짝짓기를 끝낸 후, 족두리풀잎 뒷면에 진주처럼 생긴 알을 낳는다. 애벌레는 5월 초에 알에서 나와 족두리풀잎을 먹고 자란다. 2령까지는 털이나 무늬도 나타나지 않고 먹성도 좋지 않지만, 3~4령이 되면 털과 무늬가 생기고, 족두리풀 한 두 포기 정도는 그냥 먹어치울 만큼 먹성도 대단해진다. 먹이는 한 마리씩 흩어져서 먹지만, 쉬거나 잠잘 때는 한 곳에 옹기종기 모인다.

6월 말경 번데기가 되어 겨울을 보낸 뒤, 4월 중순에 날개돋이를 한다.

이 풍진 세상에서는
윤판나물도
고고하기 쉽지 않다

윤판나물의 '윤판'이라는 이름은, 옛날 임금이
윤 씨 성을 가진 판서의 집에 들렀다가 이 식물의 꽃
핀 모습이 고고한 윤 판서를 닮았다고 해서 붙여 준
것이라는 이야기가 전해진다.

사실 여부는 알 수 없지만, 잎자루가 없는 타원형
잎과 잎맥이 꽃송이를 덮고 있는 모습이 언뜻 겸허한
선비 같기도 하다. 이러한 생김새 때문에 야생 난초
라 여기는 이들도 많고, 이름에 나물까지 붙어 있어
사람들에게 함부로 채취되는 수난을 겪기도 한다.

관계에는
최소한의 예의라는 것이 있다 2

옛날 집터나 화전민촌의 버려진 경작지에는 감나무 같은 과수나무들이 많이 남아 있다. 이런 나무의 줄기에는 흔히 지의류가 검버섯처럼 피어 있다. 지의류는 물이 있으면 광합성을 하고, 없으면 수 년 동안 생명 활동을 멈출 수 있는 건조인내성이 대단히 강한 생물이다.

나무는 주로 잎으로 호흡하지만 나무껍질의 껍질눈을 통해서도 약간의 호흡을 한다. 적은 양이지만 이 호흡 역시 나무의 생장에는 절대적이다. 그러니 나무 입장에서는 줄기에 붙어 있는 지의류가 반가울 리 없겠다.

지의류도 그런 나무의 마음을 아는 건지, 미안해서인지 큰 줄기에만 붙어산다. 나무는 큰 줄기보다는 어린 가지를 통해 주로 호흡한다.

나무처럼 살고 싶다

햇볕과 바람과 새들이 지나가는 길
상대의 자리를 차지 않으려는 배려가 가득한 길
날카로운 직선은 없이
부드럽고 완만한 곡선만이 존재하는 길
때로는 정겨운 돌담과 탐스러운 호박 넝쿨과
풍성하게 익은 감을 품은 길
나무와 나무 사이로 난 길
나무가 만든 그 길

숲을 오가면서 깨달은 것은 매우 많다. 그중에서 가장 중요한 것을 꼽는다면, 인간의 인권만큼 숲 구성원의 권리 또한 존중되어야 한다는 것이다. 더불어 인간에게 생태계를 파괴할 권리는 없다는 것이다. 사람에 의해 목숨을 잃었거나 상처를 입은 동식물을 만나다 보면, 이들에게 주어진 권리가 거창한 이상이 아닌 현실이라는 것을 피부로 느끼게 된다.

현재 숲의 모습에는 오랜 진화의 여정이 깃들어 있다. 이 여정에 손이 아니라 마음으로 접근해야만 우리는 숲의 진정한 아름다움을 알 수 있을 것이다. 숲 또한 그럴 때 가장 행복하지 않을까. 숲을 오가는 나의 발길이, 행동이 인위적인 것이 되지 않으려면, 숲에 사는 모든 생명의 무게를 아주 무겁게 여겨야 한다. 숲·나·들·이(숲과 나무와 들풀 이야기)의 내면을 이해할 때 비로소 숲을 '나의 평생사무실'로 부를 수 있을 것 같다.